FLORENCE ET LOUISE
LES MAGNIFIQUES

JEAN CHALON

FLORENCE ET LOUISE LES MAGNIFIQUES

Florence Jay-Gould
et
Louise de Vilmorin

Nouvelle édition augmentée

ÉDITIONS DU
ROCHER
Jean-Paul Bertrand

AVERTISSEMENT

Quand je terminais, pendant l'été 1975, mon *Chère Natalie Barney*, j'éprouvais le besoin d'écrire une postface justificatrice dont voici les deux premiers paragraphes :

J'ai commencé ce livre (...) avec les plus grandes ambitions : écrire la biographie de la première femme libre de son temps, mon amie Natalie Clifford Barney. J'ai dû en rabattre, trop de gens encore en vie auraient été mis en cause, et me contenter d'un portrait.

Portrait subjectif s'il en fut, et que j'aurais pu appeler « Portrait de ma séductrice ». Ses innombrables dévots et ses multiples admirateurs, pour une fois seront d'ac-

cord : *à chacun sa Natalie, à chacune son Amazone.*

Je pourrais recopier, mot pour mot, ces lignes et les appliquer à Louise de Vilmorin et à Florence Jay-Gould qui m'ont inspiré ce *Florence et Louise les Magnifiques.* A chacun, et à chacune, sa Louise et sa Florence. Portraits très, ou trop subjectifs puisque je n'y rapporte strictement que ce que j'ai vu et entendu.

Je pourrais également appliquer à Louise et à Florence la prédiction que me fit, peu avant sa mort, Natalie Barney : « La récréation ne sera jamais terminée entre nous. » Nous avions baptisé nos rencontres, à cause de la liberté et de l'entrain qui y régnaient, « la récréation ». Et c'est vrai que la récréation continue avec Natalie et que le présent livre peut être considéré comme le souvenir de mes récréations avec Louise et Florence, et la tentative d'en assurer, comme avec Natalie, la continuité.

Le passé, chaque jour, s'éloigne davantage, et il faut, à tout prix, essayer d'en garder le meilleur, les bons et beaux moments, les relations privilégiées. De ces deux femmes qui avaient en commun un pouvoir de séduction hors du commun, j'ai voulu retenir l'histoire, le quotidien. Des gestes, des attitudes, des confidences, des paroles, un air, un son, des songes. Autant en emportent les songes...

Les poètes ne possèdent que des souvenirs intimes. (...) Tout cela ne rend pas commode le travail de se souvenir et de matérialiser des fantômes. A ce jeu dangereux, à se retourner vers le passé qui flambe, on risque d'être changé en statue de sel, c'est-à-dire en statue de larmes.

Jean COCTEAU
Portraits-Souvenir

à Florence et à Louise,
et à notre ami commun
Jean Denoël

FLORENCE ET LOUISE
LES MAGNIFIQUES

FLORENCE JAY-GOULD
ou
LA DERNIERE SIRENE

Mon jeune ami,
La vitalité de mon faible cœur sera sans doute épuisée après le déjeuner chez Florence Gould, mercredi...

Natalie Barney à l'auteur, le 3 novembre 1963. C'est à ce déjeuner-là que Natalie dit à Florence, « mon cœur ne bat plus que dans les escaliers ».

Florence a été, dans les années vingt, trente, quarante, cinquante, une sirène avide de beautés diverses, de plaisirs, de trésors, et même de gloire. Etre aussi longtemps, et sans défaillance aucune, une sirène, voilà une chance dont Florence avait pleinement conscience. Elle confessait volontiers : « J'ai couché avec le Bon Dieu et le Bon Dieu m'aime. » En effet, Dieu devait aimer beaucoup sa sirène blonde à qui il donna tant de preuves de sa bonté...

Florence ne fournissait aucune précision sur cette liaison divine. Elle n'avait rien d'une mystique et se contentait de considérer Dieu comme un Grand Protecteur qui guidait ses pas parfois incertains, ou, comme un Grand Banquier, une Machine à imprimer éternellement les dollars qui constituent la nourriture préférée des modernes sirènes. Car Florence était l'une des femmes les plus riches du monde. Quand elle paraissait, on croyait entendre la rumeur de sa fortune, comme on entendait ruisseler les perles sur son poitrail ou pétiller le vin de Champagne dans une coupe qu'elle tenait à la main, du matin au soir, et qu'elle n'abandonnait, vraisemblablement, que pour dormir. Elle m'apprit à aimer ce vin, et à le boire, selon des rites aussi minutieux que ceux qui président, en Asie, aux cérémonies du thé. Rites dont l'accomplissement servait de prétexte à nos rencontres, à nos entretiens pendant lesquels j'ai recueilli de quoi composer le portrait de cette sirène que j'avais surnommée « mon Empire Florentin ».

Je voudrais, maintenant, essayer de faire la description de cet Empire, disparu comme la plupart des Empires au XXᵉ siècle, selon la technique des collages pratiqués par les surréalistes de l'entre-deux-guerres. On y trouvera donc, juxtaposés, des éléments biographiques, des impressions, des instants, des extraits de journaux, des passages de

mon journal intime, l'avis d'une graphologue, des vers d'Emilie Bernard, une cita-
tion de Balzac, un télégramme, des lettres,
des plans de table, des souvenirs et de
nombreuses parenthèses. Enfin, tout ce qui
composait notre très libre amitié. Il était
relativement simple de devenir l'ami de Florence : il n'y avait qu'à la considérer comme
un être humain et non comme un carnet de
chèques. Il ne fut jamais question d'argent
entre nous.

Portrait-collage de celle qui fut la dernière
sirène et qui sut l'être jusqu'à son dernier
soupir, sachant accueillir la mort comme
une ultime conquête qu'elle avait ramenée
aux plus élémentaires proportions : « Pourquoi voulez-vous que j'aie peur de mourir,
me lança-t-elle en guise d'adieu, puisque je
dors tellement bien ? »

Florence était née le premier juillet 1895
aux Etats-Unis, à San Francisco, où son père,
Maximilien Lacaze, dirigeait un journal.

21

Cette native du Cancer, ascendant Poissons si ce genre de précisions vous intéresse, débarqua à Paris dans les années vingt où sa beauté, on aurait dit Jean Harlow, en mieux, et sa voix, elle voulait être cantatrice, firent sensation. Elle renonça au chant pour épouser Franck Jay-Gould qui était l'un des rois des chemins de fer, et, entre autres, président des compagnies « Big Creek Lumber, Richmond et Chesapeake Bay, Old Dominions et Nail Works » et directeur des « Western Union, American Union, New York Mutual Telegraph Company, Ohio et Mississipi Telegraph, Utah Fuel et Bowling Green Trust ». Autrement dit, un homme important selon les normes des gens de la Bourse et des Affaires. Un Richissime. Un Milliardaire. Un cousin lointain de Gatsby le Magnifique. Un descendant encore plus lointain du Veau d'or. Franck était né le quatre décembre 1877 à New York. Il épousa Florence le dix février 1923. C'était sa troisième épouse et ce sera la dernière.

Franck et Florence furent les premiers à découvrir que la Côte d'Azur pouvait être agréable en été. Ils passèrent un mois d'août à Juan-les-Pins qu'ils mirent à la mode. Passer le mois d'août à Juan-les-Pins, c'était une nouveauté pour l'époque, une audace qu'imitèrent, peu après, Scott Fitzgerald et sa femme, Zelda. « Les Fitzgerald étaient très drôles, mais quand ils avaient bu, ils devenaient impossibles, ils dansaient sur les tables et mon mari ne tarda pas à m'interdire de les fréquenter », me raconta Florence. Plus tard, elle devait beaucoup fréquenter les écrivains, et certains encore plus « infréquentables » que les Fitzgerald...

En attendant, cette sirène se contenta d'illuminer de sa beauté les milieux de la Haute Finance Internationale, et de sa vitalité qui ne connaissait pas de bornes, ni d'entraves. Elle nageait, faisait du tennis, du cheval, du bateau. Sportive accomplie, elle remportait de nombreux prix et le baron Jaspar, dans ses *Souvenirs sans retouches* (Fayard) rapporte que « les acrobaties de Florence Gould sur ski nautique nous remplissaient d'admiration ». Elle dansait des heures entières. Elle ignorait la fatigue. Elle

portait des perles, des dentelles, des fourrures, avec un air de détachement suprême,
un air de Sulamite qui aurait fait sien l'en-
seignement de Salomon, « vanité des vani-
tés, tout n'est que vanité ».

Sur les photos de l'époque, Florence a
déjà ce sourire un peu triste que confirme
la mélancolie du regard. Ses yeux : deux
éclatantes blessures, deux lacs gris-bleu,
deux immensités de nostalgie et de solitude.
Ce qui n'empêche pas, ou ce qui explique ?,
que Florence soit alors l'incarnation de cette
frénésie de vivre qui saisit les humains dans
les époques d'avant la tempête.

Sa frivolité de milliardaire à la mode est
célébrée sur deux colonnes dans le *New York
Herald Tribune* du 17 octobre 1934 qui
titre : « Elle vient de France pour faire des
achats américains. » Elle, c'est madame
Franck Jay-Gould qui « retourne aux Etats-
Unis pour la première fois depuis 1917 » et
qui se déclare « enthousiasmée » à l'idée
d'acheter « ces merveilleux bas de soie américains » dont elle a tellement entendu
parler. Dans la même page, et comme pour

illustrer ces propos, une publicité de « Peck et Peck » qui proposent, dans leur magasin de la Cinquième Avenue, « des bas de soie Ne-Flex pour les jours d'activité ». Florence aura-t-elle acheté ces bas de soie ? De ce bref séjour qui dura d'un mardi à un samedi, elle ne se souvenait que de quatre nuits sans sommeil...

Aux nuits blanches des années folles, quand l'astre florentin brillait aux bras de ses admirateurs, un Armand de La Roche-foucauld, un Melchior de Polignac, un Bob de Thomasson, succèdent les sombres nuits des années noires. Pendant la drôle de guerre, Florence est infirmière à l'hôpital du Val-de-Grâce. Franck feint de s'en plaindre : « Autrefois, dans cette maison, on ne parlait que de sport et de bals. Aujourd'hui, on ne parle plus que de médicaments et d'opérations chirurgicales. »

La débâcle de juin quarante surprit Franck et Florence à Juan-les-Pins, dans leur villa,

La Vigie, pur exemple d'architecture style
« gothique 1925 ». Ils décidèrent d'y rester.
Franck était malade, fuyait le monde et
n'avait plus envie de bouger. Pour se dis-
traire un peu, Florence fit de nombreux
séjours à Paris. L'identité de sirène consti-
tuant le meilleur des passeports, on disait
alors « Ausweis », Florence ne sembla pas
avoir beaucoup de problèmes à passer de la
zone libre à la zone occupée, et vice-versa...

Au commencement des années quarante,
Florence se rendit chez Marie-Louise Bousquet qui tenait salon, place du Palais-Bour-
bon. Elle y rencontra Marcel Jouhandeau.
Ils se virent, ils se plurent, ils parlèrent assez
longtemps pour avoir envie de parler davantage et de se connaître mieux. Ils convinrent
de se retrouver autour d'une table, celle de
Florence, dès le lendemain.

Florence et Marcel décidèrent d'organiser
des déjeuners littéraires. Après avoir chanté
et dansé, les cigales se mettaient à penser.
Aux concours de sport ou d'élégance, succé-
daient les joutes de l'esprit. A quarante-
cinq ans, Florence découvrait la littérature.

Il était temps. Elle fit preuve d'un enthousiasme, d'une genérosité qui ne se démentirent jamais. C'était, de sa part, méritoire. A la fin de sa vie, elle n'avait plus grande illusion sur les gens de lettres et soupirait : « Les écrivains ? Tous des cocottes. »

Dans son appartement du 129 avenue Malakoff où elle séjournait quand elle était de passage à Paris, Florence reçut un Jean Cocteau, un Jean Paulhan, un Ernst Jünger, un Paul Léautaud qui, dans son *Journal*[1], le lundi 22 novembre 1943, note :

« Eh bien ! je ne regrette pas d'être allé à ce déjeuner chez cette madame Gould. Jolie, se collant à vous pour vous parler, (...), grande, mince, souple, élancée, dans une jupe longue à l'ancienne mode, autrement élégante que la mode actuelle, les yeux singuliers (...) dans lesquels il y a du chat, de la chatte plutôt, une sorte de langueur et de chaleur amoureuses. »

Cette sirène aux yeux de chatte avait de quoi plaire à tout le monde, y compris à

---

1. Mercure de France.

27

Colette, tellement difficile dans le choix de ses amitiés féminines. Quand Florence invitait Colette à prendre le thé, la fille de Sido répondait invariablement : « Oui, si tu remplaces le thé par du vin de Bourgogne et les petits gâteaux par du camembert. » Vin de Bourgogne et camembert étaient, dans ces années-là, de coûteuses raretés que Florence s'efforçait de dénicher pour Colette, gourmande s'il en fut.

Dans l'immédiate après-guerre, le monde des Arts et des Lettres défila chez cette sirène qui abandonna l'avenue Malakoff et son appartement pour la rue de Rivoli et une suite à l'hôtel Meurice. Les « déjeuners du Meurice » devinrent rapidement célèbres. Au début, Marie Laurencin y voisinait avec André Gide, François Mauriac, et un débutant qui promettait : Roger Nimier. Léautaud continuait à y tenir la vedette :

— Ah, Léautaud, il était vraiment terrible, se souvenait Florence. En plus, il se mettait de la poudre de riz et du rouge. Quand il était vraiment fâché contre moi, il me traitait de « comédienne », mais comme il avait beaucoup aimé sa mère qui avait été une comédienne, je faisais semblant de prendre cela pour un compliment !

Avec la renommée, les déjeuners du Meurice étendirent leur cercle et comptèrent jusqu'à trente personnes. Celui qui en écrirait la petite histoire serait un nouveau Bussy-Rabutin ou un autre Tallemant des Réaux.

A ces déjeuners, bien des rencontres se produisirent, bien des idylles naquirent, bien des vies en furent changées...

Florence assistait à tout cela, en spectatrice privilégiée. Elle se réjouissait de la réussite d'une belle assemblée, composant ses plans de table avec une dextérité de Parque soucieuse à la fois de violenter le hasard et de ménager les préséances.

Quand j'y participai, pour la première fois, à l'automne 1963, on y voyait Maurice Chevalier dialoguer avec Salvador Dali ou Roger Peyrefitte, tandis que Maurice

Genevoix s'entretenait avec Jean d'Ormesson, Jean Dutourd ou François Nourrissier. Arletty réussissait le miracle de faire parler le plus muet des écrivains, Marcel Aymé. Marcel et Elise Jouhandeau y poursuivaient, en artistes consciencieux, leur éternelle scène de ménage. A combien de curieux spectacles n'aurai-je pas assisté pendant ces « meuriciades » ! Que m'en reste-t-il maintenant ? Des plans de table comme celui-là qui date du printemps 65 : « Les Achard, les Morand, les Lacretelle, Denise Bourdet, Marcel Aymé, Maurice Escande, Arletty, Marie-Laure de Noailles, Louise de Vilmorin, Jean-Louis Curtis, Robert Kanters, Jean Paulhan, Dominique Aury, Dominique Rolin, Marcel Jouhandeau, Marcel Schneider, Jacques Brenner, Raymond Gérome, Louis-Gabriel Robinet, Philippe Huismans, Daniel Sickles, Jean Denoël. » On croirait lire des noms gravés sur le monument des mondanités qui, petit à petit, devient un monument aux morts...

J'aimais arriver en avance à ces déjeuners, et suffisamment, pour assister à la fin de la toilette de celle qui était devenue, dès l'automne 65, « mon cher Empire Florentin ».

Vêtue d'un Saint-Laurent ou d'un Chanel, le plus important restait à faire pour cette sirène : mettre ses perles. C'était la mise en perles, comme à la corrida, la mise à mort. Deux, trois, quatre rangs de ces fabuleuses perles qui représentaient, outre leur valeur extrême, dix années de patientes recherches passionnées. Passe-temps de milliardaire. « C'est qu'il en faut pour cacher ça », m'avait dit, une fois, Florence, comme en s'excusant, et en touchant du doigt les relâchements de son cou. Elle s'était toujours refusé aux « ravalements » chirurgicaux.

Une autre fois, devant son miroir, Florence avait soupiré, sans amertume et presque sur le ton de la banale constatation, « comme il faut se voir devenir ! ». C'est vrai qu'elle n'était plus cette sirène des années vingt, trente, quarante, cinquante et qu'apparaissait l'inévitable déclin... Dans

31

l'éclat, dans la grosseur de ses perles, Florence semblait puiser un regain de jeunesse et de vitalité. Elle veillait sur ses joyaux comme une lionne sur ses enfants et rugissait à la moindre alerte, grondant sa femme de chambre qui prétendait vaporiser Madame d'une dernière touche de *Joy* :

— A quoi pensez-vous ? Jamais de parfum sur les perles, ça les tue. Combien de fois faudra-t-il vous le répéter ?

Après quoi, j'avais droit à un cours sur les perles. J'apprenais à distinguer les « chinoises » des « orientales » avec une docilité qui m'étonne encore. Pour récompenser ma bonne volonté, Florence terminait son cours par cette conclusion pratique dont le début me mettait en joie : « Si un jour, vous avez des perles... »

— Si, un jour, vous avez des perles... je ne vois pas pourquoi vous riez comme ça, tout le monde peut avoir des perles, et qui vous dit que les hommes n'en porteront pas un jour ? ils portent bien des chaînes en or... donc, si, un jour, vous avez des perles, poursuivait Florence, je vais vous donner mon secret pour conserver leur éclat, il faut les mettre dans du grain de mil.

Le mil, le millet que l'on donne aux canaris conserve l'éclat des perles et Florence — de qui tenait-elle ce secret ? — gardait les siennes dans des boîtes en nacre et en or, remplies de ces graines.

Pendant cette mise en perles, je pensais à la chanson des années trente dont le refrain était : « C'est la femme aux bijoux, celle qui rend fou, c'est une enjôleuse. » A croire que Florence avait inspiré cette chanson. Elle avait les plus beaux bijoux du monde, et, en plus, elle avait un cœur en or. Elle était bonne, profondément, ce qui est très rare dans ces milieux-là. Elle ne disait jamais de mal de ses amis, comme c'est la mode, stupide comme toutes les modes. Au contraire, elle répétait : « Quand on a des amis, c'est pour les défendre, pas pour les attaquer. » Et c'est ainsi que, cédant aux instances de son meilleur ami, Jean Denoël, elle fonda le Prix Max Jacob et le Prix Roger Nimier parce que Denoël aimait beaucoup Jacob et Nimier. Si l'on considère Florence comme un Louis XIV femelle, Jean Denoël en était le monsieur de Maintenon. Ce Breton, catholique pratiquant, n'en faisait pas moins ses dévotions dans deux autres chapelles : la maison Gallimard dont il était l'une des éminences grises et le sérail Gould dont il était le vizir, le grand ordonnateur des « meuriciades ».

C'est à la demande d'un autre ami, Jean Paulhan, que Florence reprit la charge financière du Prix des Critiques qui était en train de disparaître.

Les prix fondés, les chèques signés, la sirène ne s'en souciait plus et n'intervenait pas dans leur attribution. Elle se souciait surtout de faire entrer ses amis écrivains à l'Académie Française. Florence souffrait de fièvre verte par personne interposée, et, quand son favori était élu, souvent grâce à son entremise et à ses déjeuners du Meurice, elle siégeait, lors de la réception sous la Coupole, au premier rang, comme il sied à une triomphatrice. Avec le vin de Champagne, l'Académie Française constituait l'une des faiblesses de Florence.

Du vin de Champagne, des perles, des prix littéraires, l'Académie Française, Florence avait tout pour être conventionnelle. Or, elle ne l'était pas. Elle le montra en ouvrant sa maison, et parfois son cœur, aux écrivains, aux peintres, aux artistes alors qu'elle aurait pu ne recevoir que des personnages officiels ou des gens d'argent, comme, par exemple, Paul Getty. A propos de ce dernier, elle me confia : « Si vous saviez ce qu'il m'ennuie ce Getty, et, en plus, il se croit obligé de me faire la conversation. » Mai 68 venait juste d'éclater. Ses émeutes surprirent Florence dans la rue et dans sa Rolls. Elle revenait d'une fête avec ce même Getty, de passage à Paris. Les étudiants entourèrent la voiture et commencèrent à la secouer en scandant des slogans désobligeants pour ses occupants. Getty en bavait de peur. Affectant le calme d'une Mme de Tourzel face aux populaces de la Révolution de 1789 Florence baissa la vitre de la portière, et, en sirène connaissant les formules pour apaiser les tempêtes, adressa quelques paroles magiques aux étudiants qui se calmèrent aussitôt et laissèrent passer la Rolls. Quand Florence, en riant, me raconta l'incident, elle m'assura que le plus dur, pour elle, avait été de calmer Paul Getty : « Le pauvre, il tremblait comme une feuille, et, depuis, il se terre au Meurice. »

Florence, elle, continuait à sortir comme si le calme régnait dans les rues. Mieux encore, elle décida de donner son habituel déjeuner littéraire. On la prévint que l'hôtel Meurice, comme le reste, était en grève. Mais les employés du Meurice étaient en grève « pour tout le monde, sauf pour Mme Gould parce que c'est Mme Gould », précisèrent-ils. Cette exception combla d'aise Mme Gould : elle put donner son déjeuner qui figura dans les annales de l'Empire Florentin comme « le déjeuner des barricades » et auquel on se rendit avec des mines de conspirateur, rasant les murs d'une rue de Rivoli déserte, seulement peuplée par des banderoles, des détritus et des tracts qu'un vent d'orage emportait vers les grilles du jardin des Tuileries...

Ce « déjeuner des barricades » fut ponctué par ce refrain lugubre et solennel débité par l'un des invités qui craignait pour ses possessions terrestres : « Nous assistons à la fin du capital ». Cette fin n'inquiétait pas Florence, et pour cause, elle savait son capital aussi illimité que sa faculté de triompher des adversités, en mai 68 comme en juin 40 ou en août 44...

Florence ne pouvait pas être conventionnelle puisqu'elle ne suivait que son bon plaisir, ce qui suppose plus de détachement et de stoïcisme que l'on ne croit. Rien ne l'arrêtait, pas même une descente dans le métro. Après avoir lu l'un de mes articles sur l'inauguration du RER à la Défense, Florence me dit :

— Je veux y aller, vous allez m'y conduire.

— Mais pour y aller, Florence, il faut prendre le métro.

— Je le prendrais. Qu'est-ce que vous croyez ? Je l'ai bien pris pendant la guerre.

L'ennui, c'est que Florence n'avait plus pris le métro *depuis* la fin de la guerre. Quand nous descendîmes à la station Louvre qui est presque en face de l'hôtel Meurice, elle s'exclama sur les beautés de cette station, les reproductions de statues, les éclairages, imaginant que les autres stations étaient pareilles et offraient leur pesant de chefs-d'œuvre. A Concorde, à la stupéfaction des voyageurs, elle s'écria :

— Regardez, de la publicité sur les murs, c'est magnifique, cette publicité. Ah, que c'est drôle ! Ah, que je m'amuse !

Tout amusait Florence, une brève excursion dans le métro, ou une Semaine Sainte à Séville à laquelle elle m'entraîna. Avec une ardeur communicative, elle découvrit le vin rouge d'Andalousie, le fromage de la Manche, le jambon d'Aragon. Je fis remarquer à Florence que, à sa maison, elle pouvait aussi se nourrir de jambon et de fromage, s'abreuver de vin rouge. « Ce n'est pas pareil », me répondit-elle. Elle avait raison.

Pendant cette Semaine Sainte à Séville, je manifestai le désir de visiter le musée Zurbaran. Florence n'en avait pas envie. « Suivez mon exemple, reposez-vous, apprenez à vous reposer au lieu de courir les musées », me dit-elle. Je refusais de me reposer, sachant que, de temps en temps, Florence ne dédaignait pas d'essuyer un peu de résistance. Elle décida de m'accompagner, maudissant mon envie, bénissant son bon sens qui l'avertissait de ne pas me laisser seul, face aux multiples tentations de la rue à Séville, pendant la Semaine Sainte.

Dès que nous fûmes arrivés devant les Zurbaran, Florence lança à la cantonade : « Je ne comprends pas que l'*ON* m'entraîne ici pour voir des tableaux qui sont moins beaux que ceux que j'ai à la maison. »

Au déjeuner qui suivit cette visite au musée Zurbaran, Florence, toujours curieuse de cuisine locale, commanda un *puchero,* une espèce de pot-au-feu ibérique qui comporte une abondance de viandes diverses et une grande variété de légumes parmi lesquels des pois chiches. J'aime les pois chiches et je commençais à en manger avec une délectation visible que Florence interrompit d'un :

— Arrêtez, vous êtes fou, arrêtez.

— Et pourquoi ?

— Vous mangez des pois chiches.

— Entre les pois chiches et la folie, mon cher Empire Florentin, je ne vois pas le rapport.

— Heureusement que moi je le vois. C'est de la folie de manger des pois chiches. Cela donne une vilaine peau et cela fait grossir.

Un deuxième essai de résistance dans une même journée était exclu. Je renonçai aux pois chiches. J'étais privé de pois chiches, et je l'avais bien mérité ! Comment avais-je osé entraîner Florence dans un endroit où, de son propre aveu, les tableaux étaient moins beaux que ceux qu'elle possédait dans sa demeure de Cannes, *le Patio ?* Je revoyais les Corot, les Toulouse-Lautrec, les Renoir, les Degas, les Gainsborough, les Fantin-Latour, les Vuillard, les Bonnard, le Gustave Moreau, le Manet, le Greco qui en ornaient les murs. Je reconnus mon erreur et la paix fut aussitôt signée.

Florence qui ne tirait vanité de rien ne supportait pas que l'on mit en doute son goût en peinture qui l'avait conduite à composer sa collection de tableaux qui faisait du *Patio* un véritable musée. Si elle ne supportait aucune contradiction dans les domaines de la peinture et de la sculpture, Florence se montrait plus libérale en littérature. Ce libéralisme avait engendré dans sa bibliothèque un incroyable désordre. Charles-Albert Cingria y voisinait avec Michel Butor, et Pauline Réage avec Marguerite Yourcenar. Je rêvais de surprendre les dialogues qui devaient s'échanger de livre à livre, d'auteur à auteur, quand la maîtresse des lieux était absente, justifiant ainsi l'un des surnoms que m'avait donné Florence, « châton de bibliothèque », et que je retrouve, avec le plus de fréquence, dans les brefs billets qu'elle envoyait en guise de réponse à mes longues lettres.

Au début de notre amitié, méfiant comme il se doit, et voulant exactement savoir à qui j'avais affaire, j'avais confié l'un de ces billets à une amie graphologue qui me le rendit avec le verdict suivant :

Cette écriture révèle une personnalité exceptionnelle. Sous des dehors aimables et gais, se cache une sensibilité d'écorchée vive. Elle peut souffrir par compassion mais ne l'extériorise pas. C'est un être rayonnant qui apporte du soleil partout où il passe, qui attire ceux qui ont besoin d'être rechargés en forces vitales, et qui, personnellement, ne trouve de forces qu'en elle-même. C'est une solitaire. Elle a horreur de l'artificiel. Par le cœur, elle aime les humbles. Par l'esprit, elle ne peut vivre sans beauté, sans un entourage d'artistes et d'intellectuels. Son don d'intuition la met en garde contre les flatteurs. Peut-être vous étonnerai-je en concluant qu'avec un esprit jeune, elle cache parfois une certaine tristesse. On croit la connaître et on ne la connaît pas. Il y a plusieurs êtres en elle, avec des contrastes extraordinaires. Je dis « contrastes » et non pas « contradictions », car, en ce sens, se dégagent de cette écriture un charme féminin très prenant, presque ensorceleur, et d'autre part, une intelligence virile, un cerveau masculin capable de tout comprendre. Elle possède un don fluidique de persuasion. Elle a l'art de découvrir les êtres au plus profond d'eux-mêmes, de les deviner, de les aider à s'épanouir, à trouver leur voie véritable, celle qui conduit à la réussite de l'être. C'est une mascotte. Elle porte bonheur.

On ne saurait mieux dire. La graphologue avait vu juste. La sirène portait bonheur. C'était une mascotte qui savait être bénéfique à ses amis. Habile à lire les chiffres de la Bourse, Florence était encore plus douée pour déchiffrer la Carte du Tendre qu'elle avait appris à connaître, mieux que personne.

Pendant le voyage en Andalousie qui suivit la Semaine Sainte à Séville, je découvris, en pleine mosquée de Cordoue, l'existence d'un premier mari, un architecte américain que Florence avait épousé vers 1915. Brève union suivie d'un rapide divorce. Ce premier mari, à la différence du second, n'avait laissé à Florence que deux souvenirs : celui de leur nuit de noces passée dans la cathédrale de Chartres où ils avaient réussi à se faire enfermer, plus soucieux d'esthétisme que de plaisirs, afin d'y voir le soleil levant à travers les vitraux, et celui de leur voyage de noces en Andalousie où ils avaient admiré cette mosquée de Cordoue dont Florence, à l'implacable mémoire, me détaillait les beautés une à une, savamment. Je plaisantais cette érudition d'un « Mon cher Empire, vous avez passé la nuit à apprendre par cœur le Guide Bleu. » L'Empire haussa les épaules, et me dit : « Tout ce que je sais sur la mosquée de Cordoue, je l'ai appris de mon premier mari qui était architecte, et c'est à peu près tout ce qu'il m'a enseigné. »

Florence avait appris davantage du second. Leur union avait fini par se fonder sur une estime mutuelle et une confiance réciproque. Franck et Florence s'entraidaient et

44

se consolaient quand ils avaient des problèmes sentimentaux :

— Au début, nous étions follement
amoureux l'un de l'autre, me confia Florence, et cet amour a duré dix ou douze ans, je
ne me souviens plus exactement. Ensuite,
nous avons décidé de nous amuser un peu,
chacun de notre côté... Une fois, j'étais très
éprise d'un Roumain très beau, très riche.
Je voulais divorcer. Franck m'a dit : « D'accord. Vous ne m'en parlez plus. Et si dans
un an, jour pour jour, vous avez encore envie
de divorcer, nous divorcerons. » Un an
après, j'avais complètement oublié ce Roumain, et je serais incapable de vous dire son
nom, maintenant. »

Franck et Florence préfiguraient, sans le
savoir, les couples très modernes d'aujour-
d'hui. Ils s'amusèrent, si l'on en juge par
la chronique joyeuse et scandaleuse de l'époque et par les propres aveux que me fit
Florence : « Dans les années trente, tout le
monde couchait avec tout le monde. C'était
drôle, c'était pratique. »

⁓

Cette sirène n'ignorait rien de l'art de séduire, et de retenir les hommes. Là-dessus, elle affectait un langage digne d'une Pompadour : « Pour retenir un homme, il faut l'occuper. On fait l'amour pendant une heure ou une demi-heure. Et puis, ensuite, il y a les vingt-trois autres heures. Occuper ce temps, occuper un homme, cela s'apprend comme un métier. »

De ce métier, Florence connaissait à fond les rouages, les astuces, les gestes, des plus petits jusqu'aux plus grands comme celui dont elle me fit la description avec une malice enjouée :

— J'avais de superbes cheveux blonds, et quand ça a été la mode de les couper en 25, j'ai beaucoup hésité. Et puis, pendant un déjeuner, mon mari n'a pas cessé de faire des compliments à des jeunes femmes qui avaient coupé leurs cheveux. Au dessert, je me suis levée en demandant de quitter la table un moment. Je suis allée chez le coiffeur de l'hôtel où nous déjeunions, et j'ai dit « coupez ». Le coiffeur a refusé d'abord, « Vous n'y pensez pas, madame, une aussi belle chevelure ». J'ai tenu bon. « Mon mari est le propriétaire de l'hôtel, vous devez m'obéir. » Il a coupé. J'ai pris mes cheveux, je suis revenue dans la salle à manger et je les ai jetés sur les genoux de mon mari en disant : « Tenez, prenez, ils sont à vous. » Franck n'a jamais pu oublier ce geste. Il m'en parlait encore à la veille de sa mort.

Franck Jay-Gould mourut en 1956. Peu après, comme en guise de consolation, elle acheta le *Patio* Les consolateurs ne manquaient pourtant pas. « Quand Franck a disparu, vous ne pouvez pas savoir ce que j'ai été demandée en mariage, un pacha d'Egypte, un prince Troubetzkoi, un prince Bagration, et d'autres encore », m'expliquait Florence pour me démontrer que, si elle était restée veuve, c'est qu'elle l'avait bien voulu.

Comme Vénus sortie de l'onde, Florence est issue de son veuvage. Elle était née pour être la veuve d'un milliardaire et l'a été, avec une splendeur incomparable, pendant plus d'un quart de siècle.

Comme les reines de France, à l'époque des Valois, portaient le deuil blanc, Florence porta l'uniforme de deuil propre aux Richissimes Dames américaines, un ensemble noir et des perles. Ce noir et ce blanc me faisaient parfois penser à une somptueuse touche de piano. Une touche de piano à lunettes. Inséparables de Florence, d'épaisses lunettes noires qui verrouillaient ses yeux et masquaient son visage. Ces lunettes, c'était la version mondaine du Masque de Fer. Mais ce masque de verre, à quoi servait-il ? A protéger la fragilité de ses yeux ? Je n'en crois rien. Florence n'avait rien de fragile, même pas les yeux.

Ces lunettes noires signifiaient-elles le deuil de quelqu'un ou de quelque chose ? A mon avis, elles ne servaient qu'à dissimuler l'incroyable détresse qui s'emparait parfois du regard de Florence. Qu'est-ce qui pouvait provoquer tant de tristesse chez cette Reine qui affectait de ne compter en son royaume que des sujets d'amusements ?

Parfois, quand nous étions en tête à tête, je demandais à Florence, pour m'assurer que ses yeux étaient toujours là, avec leur beauté intacte, « s'il vous plaît, mon cher Empire florentin, faites-moi voir vos yeux ». Elle accédait à ma demande, sans plaisir, comme on cède à un caprice d'enfant gâté. J'accordais à ces yeux l'attention que l'on doit aux chefs-d'œuvre de la nature. Ma contemplation terminée, je remerciais d'un tel spectacle Florence qui remettait ses yeux en prison et me remettait à ma place d'un « bon, là, vous êtes content, maintenant ? » où perçait un agacement vite réprimé et dont était victime, sur sa poitrine, sa Légion d'honneur qu'elle tapotait nerveusement du bout des doigts.

Florence employa donc son veuvage à parfaire son image de collectionneuse. C'était une collectionneuse qui, d'instinct, allait droit au meilleur, ce qui est très rare, d'après un expert en la matière Daniel Wildenstein.

— Florence avait l'œil, le flair, le don. La plupart des collectionneurs commencent en achetant de mauvaises choses qu'ils éliminent peu à peu. Florence n'a jamais fait cela, elle voulait ce qu'il y avait de plus beau, sans tenir compte des modes... Dans les années vingt, mon grand-père a vu arriver dans sa galerie « la plus jolie femme que l'on puisse imaginer », ce sont ses propres termes. C'était Florence. Elle était venue à la galerie Wildenstein pour acheter des tableaux, et, à la stupéfaction de mon grand-père, elle a acheté un Primitif français, une Vierge, un tableau admirable. En 1925, on connaissait un peu les Primitifs italiens et on savait, à peine, que les Primitifs français existaient. Florence, elle, savait. Elle s'intéressait surtout aux Primitifs, au Gothique, et aux dessins du XVIIIᵉ. Plus tard, Philippe Huismans et moi-même, nous l'avons initiée aux Impressionnistes. Mais on ne pouvait guère l'influencer. Elle n'achetait que ce qui correspondait à son goût personnel. Elle aimait les peintres forts comme Lautrec ou Manet. Elle n'aimait pas Renoir. Elle s'est débarrassée de l'un des chefs-d'œuvre de Renoir, *La Bohémienne*, simplement parce qu'elle ne l'aimait pas assez, me rapporta Daniel Wildenstein.

Florence avait constitué ses collections pièce par pièce, tableau par tableau, bijou par bijou. Ainsi elle avait réussi à réunir, un à un, les verres dont se servait, au XVIII° siècle le Régent. Elle se plaisait à utiliser, pour son plaisir et celui de ses amis, ses beaux objets, son service de la Compagnie des Indes, celui timbré d'un « N » et d'un « J » entrelacés, créé pour le mariage de Napoléon et de Joséphine, ou son Sèvres « feuille de chou ». Elle offrait une prime à celles de ses laveuses de vaisselle qui ne cassait rien.

Oui, Florence employa son veuvage à parfaire ses collections de tableaux, de bijoux, de vaisselles, de linges, de fourrures, de livres, de manuscrits, de prix littéraires, d'académiciens français et de chiens pékinois. Elle avait la passion des collections. Elle voulait du rare, de l'inédit, et cela dans tous les

51

domaines... Quand elle lisait l'un de mes articles, elle me téléphonait :

— Qu'est-ce que vous n'avez pas dit dans votre article ?

— J'ai tout dit.

— Je sens que vous avez caché des choses. A moi, vous pouvez tout dire.

On aurait pu croire qu'il s'agissait de secrets d'Etat alors que ce n'étaient que de petits détails omis par manque de place comme, par exemple, certains propos de Pauline, la gouvernante de Colette :

— Un jour, au Claridge, arrive la marquise de Belbeuf, la fameuse Missy. J'ai dit après à Madame, « Madame aurait pu me prévenir que la marquise, c'était un homme... » Madame adorait les choses simples. Son dessert préféré, c'était la flognarde. Vous faites une pâte à crêpe, quatre cuillerées de farine, trois œufs, de la fleur d'oranger, du rhum, vous graissez une tôle, vous passez au four un quart d'heure, vous attendez que ça monte et vous servez tout de suite tout chaud.

Gentiment impérieuse, Florence me disait : « Ecrivez-moi cela, et quand vous viendrez au *Patio,* je demanderai à mon chef de vous faire la flognarde de Colette. » Elle collectionnait tout, y compris les recettes de cuisine, et plus particulièrement celles mises en vers par Emilie Bernard sur des cartes postales. Certains de ses alexandrins « sauce et loup bien flambés font un plat délectable » ou « Que chacun fasse fête à votre coq au vin » nous servaient de mot de passe et provoquaient, immanquablement, nos fous rires. Florence collectionnait aussi les fous rires. Elle y mettait une certaine ostentation, comme pour se venger de ses accès de mélancolie.

Dans cet essai de portrait-collage, les collections, les maris, les amis, les perles, les lunettes noires, le vin de Champagne ne doivent pas cacher le don le plus précieux que possédait Florence : la lucidité. Pour le meilleur et pour le pire. On verra comment elle ne consentit à se débarrasser de ce don, redoutable et encombrant, que quelques heures avant de mourir, et à sa demande seulement.

Cette lucidité engendrait parfois un excès de clairvoyance qui vous tombait sur la tête comme une épée de Damoclès. Florence connaissait la vérité, la vôtre, avant même que vous ne l'ayez perçue. Elle vous en faisait, brutalement, cadeau. « Je crois que je suis un peu voyante », disait-elle, rejoignant l'avis de la graphologue.

De cette voyance, elle me donna une étonnante preuve quand, au printemps 69, je m'en allai à New York, envoyé en reportage aux semaines du théâtre français qui s'y déroulaient. Elle s'inquiéta de ce départ, et dès mon arrivée à Manhattan, je reçus ce télégramme que j'ai conservé : « Bienvenue à New York avec toute ma tendresse. Stop. Suis très émue de vous savoir seul en Amérique. Stop. Surtout soyez bien sage. Stop. Vous embrasse affectueusement. Florence. » Elle avait raison d'être inquiète et de me recommander la sagesse, à moi qui étais en train de commettre la folie de croire en l'éternité d'un amour qui ne dura que trois semaines. Je revins de New York avec, dans ma valise, le manuscrit d'un roman, intitulé évidemment, *Un éternel amour de trois semaines*. Je pensais ingénument, sottement, que j'étais blessé à mort. Pendant tout l'été 69, ma sirène me prouva le contraire et me chanta ses airs les plus convaincants sur le thème, « ayez confiance, je vous guérirai, vous n'aurez même pas une cicatrice ». Elle tint parole. Cette infirmière en sentiments sut me guérir. A l'automne, je ne souffrais presque plus de mes brèves amours de printemps et n'en gardais aucune visible trace. Cela ne s'oublie pas. J'avais alors 34 ans et Florence 74. A partir de cet intermède new-yorkais, les quarante ans qui nous séparaient, pour n'évoquer que cette distance-là, furent abolies. Nous nous sentions soudainement très proches.

Moi qui vis dans l'affreuse, la quotidienne terreur de perdre les personnes que j'aime, je ne me faisais aucun souci pour mon Cher

Empire Florentin, partageant l'optimisme d'Aldo, son chauffeur, qui admirait la santé de sa patronne et qui se plaisait à constater joyeusement : « Madame, elle est indestructible. »

Les années passaient et je finissais par croire à l'immortalité de mon Empire et de sa civilisation. Sans souci du lendemain, je me contentais de noter dans mon journal quelques aspects de cette Sirène insaisissable, comme la plupart des sirènes, et comme en témoignent les pages suivantes.

Dimanche 14 décembre 1969.

J'accours chez Florence comme certains personnages de Truman Capote se précipitent chez Tiffany pour conjurer la peur, l'angoisse, l'horrible. *Ce que j'ai trouvé de mieux, c'était de prendre un taxi et d'aller chez Tiffany. Ça, ça me calme immédiatement... On a le sentiment que rien de très mauvais ne pourrait vous atteindre là* [1]...

1. Truman Capote *Petit déjeuner chez Tiffany* (Gallimard).

C'est ce sentiment-là que me dispense Florence, Florence Tiffany, avec qui je passe un paisible dimanche en tête à tête sur son yacht, au large de Cannes. Sur le pont, emmitouflés dans des plaids, nous ne bougeons pas, nous ne parlons pas, en convenant, de temps en temps, qu'il est agréable de se taire. Puis nous retournons à notre silence.

Face aux îles de Lérins, Florence s'exclame :

— Mon Dieu, merci de m'avoir tout donné !

Elle donne ensuite le signal du retour. Au *Patio,* bras dessus, bras dessous, nous faisons le tour des tableaux. Je m'attarde devant mes deux préférés, *le Pont San Bartolomeo* de Corot et un petit Manet représentant une assiette blanche pleine de figues bleu sombre. Florence daigne approuver mes préférences. Je crois qu'elle aime d'amour ses tableaux. Elle aura aimé les choses plus que les êtres. En ce dimanche finissant, dans le soir qui tombe, nous allons de Moreau en Degas, de Lautrec en Renoir, sans dire un mot, repris par ce besoin de silence, quand, soudainement, Florence soupire :

— Qu'est-ce que tout ça deviendra après moi ? Une vente aux enchères, sûrement et je ne serai pas là pour la voir !

Je fais comme si je n'avais pas entendu, j'émets quelque chose qui ressemble à un rire et je propose, pour nous remettre de telles pensées, un peu de vin de Champagne. Nous terminons la journée comme nous l'avons commencée, un verre à la main.

Florence ne parle jamais de l'après-Florence. Elle y pense pourtant puisqu'elle n'arrête pas de faire et de défaire son testament, ce qu'elle m'annonce toujours sur un ton de jubilation intense : « Mes avocats de New York sont venus, je fais mon testament. » Dernières voluptés de la sirène...

Mercredi 4 mai 1972

Dîner avec Florence à Rueil-Malmaison chez Marcel Jouhandeau. Florence et Marcel ont eu, autrefois, une liaison et ne s'en cachent pas. Je veux dire que, du haut de leur grand âge, ils évoquent paisiblement leurs plaisirs enfuis et leur passion passée comme s'il s'agissait de choses sans importance... Pour expliquer à Elise ses absences répétées, Marcel prétendait qu'il donnait des leçons de latin à une Américaine, une certaine madame Gould. Quand il déjeunait avec Florence, il disait à Elise : « Je déjeune chez Florence. » Elise croyait que Florence était un restaurant et Marcel ne faisait rien pour la détromper.

Au plus beau de leur liaison, Florence veillait sur les autres amours de Marcel et l'empêchait de rejoindre un prince de Mala-quelquechose qui attendait, attendait...

— Il devait être bien laid ce prince, pour t'attendre aussi longtemps, fait observer Florence.

Marcel ne répond pas, se met à l'harmonium, en joue pendant que Florence se regarde dans une glace, et dit :

— Merci, Marcel, tu m'as rendu mes beaux jours pour un soir.

Jolie formule : « mes beaux jours pour un soir ».

Au retour, vers minuit, au Meurice, Florence aura une autre trouvaille, « attendez-moi, je vais me déshabiller », me dit-elle avant de disparaître dans sa chambre. J'attends dans le salon, pensif. Notre amitié ne va pas jusqu'à une telle intimité. Je vois revenir Florence toujours revêtue de sa robe noire, mais ayant enlevé ses jades et ses perles, « ça me pesait tout ça », m'explique-t-elle avec la satisfaction de quelqu'un qui vient d'acquérir une légèreté nouvelle. J'explique ma méprise dont nous rions. « Se déshabiller », dans le langage du soir florentin, cela veut dire enlever ses bijoux, seulement ses bijoux...

Samedi 24 janvier 1976

Fin de semaine sur la Côte d'Azur, en plein Empire Florentin. Déjeuner au *Patio* en tête à tête avec Florence vêtue d'un pantalon en satin noir, d'une espèce de veste chinoise, et de ses émeraudes. « Ce sont les émeraudes que Pierre Benoît a prêtées à l'héroïne de *Bethsabée* », précise-t-elle, comme pour justifier leur démesure...

A la fin de ce déjeuner, après avoir passé en revue quelques-unes de ses anciennes amours, Florence me confie :

— Quand j'ai eu soixante ans, j'ai décidé de m'arrêter. Et depuis, je suis tranquille. Enfin !

Elle répète son « enfin » comme si elle dégustait une gorgée d'un breuvage céleste. Elle sort de son sac un poudrier, un carré en or constellé de petites étoiles en diamant. En un geste très « beauté des années trente », Florence se poudre le nez et se rougit les joues. Elle referme le poudrier, l'air satisfait. Le claquement du poudrier marque la fin du repas, au *Patio,* comme au Meurice. Je sais que je dois partir, je me lève, j'embrasse la joue qui se tend et je retrouve dehors les gifles du vent et du soleil que j'avais oubliées dans ce somptueux cocon, ce *Patio* où les éléments eux-mêmes n'ont pas le droit de se manifester, où rien n'est laissé au hasard, où tout est réglé selon une routine digne des cours de Chine d'autrefois.

Comme l'impératrice Tseu-Hi en son palais, Florence en son *Patio* règne sur son petit monde, clos comme une bulle, une bulle en granit. Belle bulle de granit pour abriter un somptueux néant de perles et de vison... Mais qu'est-ce que je suis en train d'écrire ? Je reprends. Florence régente son petit monde qui comprend : ses chiens pékinois, trois ou quatre, je n'ai jamais su le nombre exact de ces morceaux de soie beige ou blanche qui courent dans tous les sens, son coiffeur, son masseur, son médecin, sa secrétaire, son chef cuisinier, son maître d'hôtel, ses femmes de chambre, ses domestiques, et, dominant le tout, son amie d'enfance, Cécile.

Florence et Cécile ont fait ensemble leur communion solennelle. Depuis, elles ne se sont pratiquement plus quittées. Cécile suit

Florence comme son ombre. Une ombre dont Florence surveille la minceur.

Chaque samedi matin, Cécile se pèse en présence de Florence et si elle a grossi de cent grammes, elle est impitoyablement blâmée, mise au régime, menacée des pires maladies. Cécile proteste qu'elle se porte mieux quand elle pèse 51 kilos. Mais elle n'en pèse que 47 comme l'exige son despote affectueux !

Cécile habite à Juan-les-Pins cette villa, *la Vigie,* où vécurent les Gould jusqu'à la mort de Franck. Florence, on le sait, s'installa ensuite au *Patio.*

Parmi les usages de l'Empire Florentin, le déjeuner du dimanche à *la Vigie.* Des invités de passage comme moi et des fidèles comme ce monsieur qui s'enorgueillit d'être le porte-gants de Florence. Chaque fois que Florence enlève ses gants, elle les confie à son dévot qui les porte comme le Saint-Sacrement. Il se donne des airs à ne pas prendre... avec des gants !

Autre perle humaine de la collection florentine, la dame qui a été l'épouse d'un édi-

teur d'Oscar Wilde, voilà qui ne nous rajeu-
nit pas, et qui se vante inlassablement de
posséder l'un des premiers exemplaires de
la *Salomé* du cher Oscar dont elle récite la
dédicace à qui veut l'entendre :

A un jeune homme qui adore la beauté
Au jeune homme que la beauté adore
Au jeune homme que j'adore.

Ce jeune homme n'est pas, comme je
l'ai cru, le défunt mari de la dame, mais l'ac-
teur De Max.

La cour de Florence s'orne de ces ultimes
fleurons du XIX⁰ siècle qui n'en finit pas de
finir dans certains recoins d'Europe ! Le
passéiste que je suis est comblé. Et Florence
qui s'en mêle me dit : « Ce soir, à dîner, je
vous ai placé à côté d'une dame qui, petite
fille, a posé pour Berthe Morisot. »

Le soir, dîner au Casino de Cannes, à
l'Embassy. Trop de brouhaha pour que je
puisse échanger quelques propos intelligibles
avec la dame qui, petite fille, a posé pour
Berthe Morisot. L'orchestre joue *Night and
Day*. A la fin de ce morceau, on applaudit.
Florence remarque :

— En réalité, c'est aux vieux souvenirs que l'on applaudit.

Justement, Florence me fait songer souvent à ces airs en vogue dans les années trente comme ce *Night and Day* ou *Tea for Two*. Quel musicien serait capable de mettre en musique cette sirène qui connaît tellement la musique ? Et sous quelle forme ? Ah, quelle comédie musicale ne ferait-on pas avec la vie et les amours de cette sirène !

Arrive sur scène Nancy Holloway qui dédie sa prochaine chanson « à madame Gould qui se trouve parmi nous ». En souveraine habituée à ce genre d'hommage, l'Empire Florentin s'incline et sourit. La chanson n'est pas très bien choisie : elle a pour thème une fille qui n'aime que l'argent Je regarde Florence qui se contente de sourire et de reconnaître, tranquillement : « C'est moi, c'est tout à fait moi. »

Au refrain, « Je suis revenue de tout, j'ai roulé ma bosse partout », Florence, enthousiaste, s'exclame : « C'est vrai, c'est vrai. c'est tout à fait moi. » Et puis, elle exige : « Cette chanson doit être sur un disque, je veux ce disque, tout de suite. » On s'empresse et le disque ne tarde pas à apparaître sur notre table. Florence ne cache pas son contentement. Il me semble que je rêve. Sur la piste, des spectres ont l'air de danser de joyeuses danses macabres. J'ai sommeil. Je m'ennuie subitement et tellement que je décide de tout abandonner et d'entrer à la Trappe, dès demain.

Dimanche 25 janvier 1976

Réflexion faite, je n'entre plus à la Trappe... Il faut avouer que la vie florentine, cette suite ininterrompue de fiestas, de déjeuners, de cocktails, de réceptions, de dîners, suffirait à vous rendre enragé, ou pire encore, communiste. Où Florence puise-t-elle l'énergie nécessaire pour suivre un tel rythme ? Elle est incapable de refuser une invitation, à un point tel que sur la Côte

d'Azur, on l'appelle « Madame Oui-Oui ».
Quand elle m'avoue parfois, rarement, sa
fatigue et que je conseille un peu de sagesse
et de repos, elle me répond : « Oui, l'année
prochaine, je serai sage, oui. » Cette affirmation s'accompagne d'un bruit typiquement florentin, un « hon-ha » dont Florence
ponctue ses commencements et ses fins de
phrase.

Auprès de cette sirène octogénaire et de
ses amies, nonagénaires pimpantes et sémil-
lantes centenaires, je fais figure de jeune
homme, un jeune homme très attardé. Le
jeune homme de l'Empire Florentin. Quand
l'Empire disparaîtra, je ne serai plus le jeune
homme de personne. Comme si elle lisait,
une fois de plus, dans mes pensées, Florence,
dans l'auto qui nous emmène à Monte-Carlo
où nous sommes invités à déjeuner, me
déclare :

— Vous savez, j'ai réfléchi là-dessus, je
crains bien que vous ne soyez un peu « jeune
homme » toute votre vie. N'en abusez pas et
sachez vous retirer à temps.

— Cela vous va bien de me parler de

retraite, vous qui n'arrêtez pas une minute, vous qui...

— Dites-vous bien que, comparée à la vie que je menais autrefois, la vie que je mène aujourd'hui est celle d'une bonne sœur dans un couvent. En parlant de couvent, faites-moi penser, après le déjeuner, de nous faire conduire au sanctuaire de Notre-Dame-de-Laghet pour y mettre des cierges.

— Des cierges ? Pour qui ?

— Comment, pour qui ? Pour vous. Pour moi. Vous trouvez que nous n'en avons pas besoin ? Avec les vies que nous menons...

En approchant du sanctuaire, Florence se dégante et me confie ses gants, avec cette recommandation : « Un dans chacune de vos poches, sinon, ils se froisseraient. » Me voilà porte-gants, c'est une promotion !

Je regarde les mains de Florence. Petites mains à la fois fragiles et puissantes, roses, douces, fondantes comme il n'est pas permis à des mains de l'être, faites uniquement et exclusivement pour la caresse et dont le seul contact est déjà une caresse. Des mains de courtisane du Second Empire comme celles d'une Valtesse de la Bigne, des mains de courtisane de Bas Empire comme celles d'une Théodora qui régna sur Byzance comme Florence sur les trusts Gould... Voilà les pensées que j'ai eues en regardant les mains de Florence mettre des cierges à Notre-Dame-de-Laghet. Que Notre Dame de Laghet me pardonne.

Mercredi 11 février 1976
Après le vernissage matinal de Jean Hugo, Florence a subitement envie d'un verre de vin blanc, du muscadet, c'est sa nouvelle folie, dans « un petit bistrot ». Nous entrons, elle et moi, dans un bistrot du Champ-de-Mars, plein comme peut l'être un bistrot parisien à midi tapant. Ouvriers et employés de bureau font du coude-à-coude. Le contraste avec Florence, toute en perles et en fourrures blanches, est saisissant. Je m'at-

tends au pire. Le charme florentin opère. La sirène distribue des sourires à la ronde. Médusés, nos voisins et voisines de comptoir écoutent Florence qui me dit :

— Franck et moi, nous avions un petit hôtel particulier, boulevard Suchet. Il y avait un jardin pour nous et un jardin pour les chiens. Ce jardin pour les chiens, c'était ma trouvaille, et j'en étais très fière... Et pourquoi nous ne mangerions pas un œuf dur ? Garçon, un œuf dur.

Nous mangeons un œuf dur et commandons un autre verre de vin muscadet. Florence se met à mastiquer son œuf avec un tel plaisir qu'elle en oublie le reste du monde. A cet instant, je comprends l'un des secrets de cette force de la nature. Elle est dans l'instant. Elle est l'instant. Elle sait d'instinct ce que les disciples des maîtres Zen mettent des années à apprendre, elle pratique, sans effort, leur « ici et maintenant ». Et comme les moines Zen s'identifient avec le lotus ou le nuage, Florence, elle, ce matin, devient l'œuf dur qu'elle mange. Et ce ne sera certainement pas sa dernière métamorphose. En attendant, dans ce bistrot, les habitués regardent Florence avec une curiosité non dénuée de sympathie.

⁂

Samedi 15 février 1976

J'ai confirmation de cette « aimantation » qu'exerce Florence dès qu'elle paraît dans un lieu. Une amie à qui j'avais raconté notre équipée dans un bistrot du Champ-de-Mars m'écrit :

— J'ai vu autrefois en Amérique Florence Gould, au cours d'une réception très intimidante à Los Angeles. J'avais été frappée par sa beauté, elle n'était plus très jeune, pourtant..., et par sa délicatesse. Hélas, la distribution des tables nous a séparées. Je me suis retrouvée aux côtés d'un Vincente Minelli peu loquace et d'une terrible Elsa Maxwell (la célèbre échotière qui, à ce moment, faisait trembler Hollywood et qui m'a coupé l'appétit). A la table proche, il y avait Florence Gould, je n'ai su son nom qu'après car je n'avais aucune idée de l'identité de cette femme qui me fascinait par son naturel et sa grâce au milieu de gens en représentation et très frelatés.

Cette beauté, ce naturel, cette grâce remarqués par cette amie, comme par les habitués du Champ-de-Mars, étaient une évidence. Partout où elle se trouvait, Florence attirait les regards.

Lundi 22 mars 1976

Florence a déjeuné à l'Elysée. Elle a été placée à la gauche de monsieur Rockfeller qui avait à sa droite madame Giscard d'Estaing.

— Jamais je n'ai été aussi « protocole », me raconte Florence. J'étais ridicule, j'étais la seule à porter un chapeau. Enfin, nous étions deux exactement. Une dame du Sud, et moi. C'est la fin du chapeau, on n'en porte plus, même dans les déjeuners officiels.

Florence pleure la mort du petit chapeau. Cet hymne funèbre est interrompu par un vieil ami de Florence, Daniel Sickles, qui m'apporte cette précision utile pour l'édification de l'histoire de l'Empire Florentin :

— C'est dans les salons de ma tante, madame de la Béraudière, que Florence a rencontré Franck. Florence chantait dans les salons. Elle avait une très belle voix. Plus tard, Fanny Heldy m'a dit : « Si Florence n'avait pas rencontré monsieur Gould, c'est elle qui aurait triomphé à ma place à l'Opéra. »

Lundi 10 février 1977

Fin de séjour chez l'Empire Florentin. Au *Patio,* dans le couloir qui conduit à sa chambre, contre un mur, alignées, des photos de Jean Cocteau, André Gide, Jean Paulhan,

Marcel Jouhandeau, Pierre Benoît, Paul Morand, Paul Léautaud « et autres hommes de ma vie » m'explique Florence. C'est la réplique, en photos, de l'album que Balzac attribuait à sa Princesse de Cadignan : « Sur une table, brillait un album du plus haut prix, qu'aucune des bourgeoises qui trônent actuellement dans notre société industrielle et tracassière n'oserait étaler. Cette audace peignait admirablement la femme. L'album contenait des portraits parmi lesquels se trouvait une trentaine d'amis intimes que le monde avait appelés ses amants. Ce nombre était une calomnie, mais relativement à une dizaine, peut-être était-ce, disait la marquise d'Espard, de la belle et bonne médisance. »

Le Lucien de Rubempré de Florence, ce serait Pierre Benoît : « Vous ne pouvez pas savoir comme il m'écrivait de jolis poèmes, et, en plus, il était doux et rond, comme un bébé, c'était agréable, c'était mon bébé. »

Florence : un mélange de Princesse de Cadignan et de cousin Pons. Ce mélange donne à ma vie une dimension balzacienne, ou, plus modestement, plus simplement, romanesque. J'ai l'illusion de vivre avec une héroïne de roman, de plusieurs romans soigneusement enfouis dans le fond de son cœur comme ses bijoux dans son coffre.

Pendant le dîner, nous évoquons un autre dîner, celui que Florence donna ici même, au printemps 76, pour ma mère quand elle publia son autobiographie, *Une vie comme un jour,* qu'elle vint présenter à la foire du livre de Nice. Il me semble encore entendre deux répliques que j'avais saisies au vol, entre ma mère et Florence, toutes deux installées côte à côte sur un canapé, chacune croyant confesser l'autre.

Ma mère : « Ah, madame, moi, quand j'ai connu mon mari, je me suis dit, si tous les hommes sont pareils, ce n'est pas la peine d'aller chercher ailleurs, ils ne valent pas cher, allez. »

Florence : « Eh bien, madame, moi qui ai eu deux maris et qui ai connu pas mal d'autres hommes, j'en suis arrivée à la même conclusion que vous, ils ne valent pas cher. »

On aurait dit des allégories comme on en peignait à la fin du siècle dernier sur les murs des mairies et des gares, et qui auraient eu pour titre *L'Innocence et l'Expérience arrivant aux mêmes conclusions...*

≈

Dimanche 7 août 1977

Téléphone matinal de Florence qui est en cure à La Roche-Posay où elle passe son mois d'août depuis « la nuit des temps ». Elle me remercie d'une bande dessinée, *Buster Brown,* que je lui ai envoyée et qui est la version américaine et masculine de notre espiègle Lili. Florence, enfant, était une fanatique de Buster qu'elle avait pris pour modèle. « Merci, merci, grâce à vous, j'ai retrouvé mon enfance, ne m'oubliez pas, je vous porte dans mon cœur, ne m'oubliez pas. » Conseil superflu. Comment oublier celle que Natalie Barney elle-même appelait « Florence l'inoubliable » ?

L'importance des cures dans la vie de Florence. A La Roche-Posay en été, à Aix-en-

Provence en hiver, elle n'arrête pas. C'est peut-être dans ces cures qu'elle puise sa persistante vitalité ? Et ce ne sont pas des cures pour rire. Une fois, elle m'avait entraîné pendant huit jours à Quiberon et dès huit heures du matin, en peignoir blanc, elle battait le rappel, pressait les retardataires et organisait les grandes manœuvres...

Mercredi 17 octobre 1977

Reprise — héroïque — aux yeux de Florence de ses déjeuners littéraires abandonnés à la mort de Jean Denoël, depuis exactement un an. Je retrouve mon Empire Florentin au Meurice, dans sa chambre, devant sa coiffeuse, à midi. Elle me dit :

— Epuisée. Je suis épuisée.

— Pourquoi ?

— Quatorze, ah quatorze.

— Quatorze quoi ?

— Quatorze cartes, quatorze noms que j'ai inscrits sur des cartes pour le déjeuner. Je n'en peux plus. S'il y en avait eu trente à faire, comme au temps de Jean Denoël, c'est lui qui se chargeait de cette corvée, j'y aurai renoncé.

Pour oublier cet « épuisement » présent, Florence me parle de son passé, de ses parents, de son enfance :

— Ma mère est née en 1870 pendant la guerre. Elle a été élevée dans un couvent où elle a appris le mal, la méchanceté, la dissimulation. Elle a juré que ses filles ne seraient pas élevées de cette façon. C'est ainsi que ma sœur Isabelle et moi, nous avons échappé au couvent. J'ai été élevée à l'américaine par une mère française. A onze ans, je sortais seule dans les rues. Mais à quinze ans, c'était fini, on n'a plus voulu que je sorte seule... La Californie, ma Californie natale, au début du siècle, c'était magnifique, c'était plein de Chinois. Je parlais chinois, enfin, quelques mots. Au bout de notre jardin, à San Francisco, il y avait un Chinois qui faisait du repassage. Je ne me lassais pas de le regarder. Il gonflait d'eau ses joues et, pfou, pfou, il crachait sur le linge. Jamais nous n'avons eu un linge aussi bien repassé. Depuis, ça a été interdit à cause de l'hygiène... Ma mère était brune. Mon père était blond et avait des yeux bleus. C'est à mon père que je ressemble.

Florence me raconte ensuite qu'elle a, récemment, rencontré son premier mari. Il était de passage sur la Côte d'Azur avec sa seconde épouse. Il n'avait pas revu la première depuis 1917. Et depuis cette date, il n'avait pas cessé de suivre la carrière de Florence. Il était venu au *Patio* avec un album débordant de photos et d'articles découpés dans les journaux pendant ces soixante années... Florence a été émue par ce témoignage de fidélité et d'admiration. Tous deux ont feuilleté cet énorme album sous l'œil placide et indifférent de la seconde épouse. On imagine la scène, dans les salons du *Patio,* l'étonnement des domestiques, la surprise des invités, « oui, c'est le premier mari de Florence », ce premier mari dont jamais personne n'avait entendu parler. Scène digne de la fin d'un roman d'Edith Wharton ou d'un film de George Cukor.

Jeudi 24 octobre 1977

Florence : « Après la mort de Franck, j'ai dû me débattre avec les avocats qui voulaient me faire vivre en Amérique. Alors, sans prévenir personne, je suis partie, avec ma femme de chambre, réfléchir quelques jours, à Saratoga, dans un hôtel. C'est là que j'ai décidé de vivre en France, et non en Amérique. »

Cette courte retraite dans la vie de Florence me fait rêver. Ces quelques jours dans la vie d'une sirène de Saratoga...

Mercredi 21 mars 1979

Ce soir, j'ai emmené chez Florence, au Meurice, Julien Green et l'un de ses intimes, Eric Jourdan. Grande danse de la séduction de Florence : elle n'a jamais pu obtenir que Green assiste à ses déjeuners littéraires. Green n'est venu là que pour chercher la photo d'un jeune homme peint par Gainsborough, un portrait qu'il avait aperçu dans la salle à manger du *Patio*. La photo a été ratée, une première fois. Florence a fait venir un photographe des musées. Le deuxième essai a été réussi. Green remercie avec une chaleur insolite. Pendant une courte absence de Florence, il m'avoue... qu'on s'est trompé de tableau ! Tant de bruits pour rien. Florence, revenue, trouve que le visage du jeune homme rappelle celui d'Eric. Tout est donc pour le mieux, tout le monde est content. A la sortie du Meurice, Green me dit qu'il trouve Florence « bon cœur et bonne enfant ».

25 septembre 1980

Mon cher Empire Florentin,

Je vais vous faire faire des économies : inutile d'acheter le *Journal sous l'occupation* de Marcel Jouhandeau qui sera en librairie Gallimard lundi prochain, voilà le seul passage où il est question de vous : « Dîner chez Florence Gould avec Marie-Louise Bousquet, Ernst Jünger et un comte sudète. »

En relisant le début de l'une de mes lettres à Florence, je m'aperçois que je prêchais, en vain, l'économie à l'une des femmes les plus dépensières du monde. Et l'une des plus oublieuses aussi : elle ne savait plus qui était ce comte sudète, ou ne voulait plus s'en souvenir.

D'autres s'en souvenaient à sa place et affirmaient que Florence, à l'égal d'une Chanel et de tant d'autres encore qui avaient préfiguré de galante façon les Etats Très Unis d'Europe, n'aurait pas su résister aux charmes d'un bel officier allemand. Qui saura jamais la vérité ? Racontars, remugles d'envie qui accompagnent les personnes en vue. On ne prête qu'aux riches. Et on prêtait à Florence tous les goûts, y compris celui des femmes. Si Florence avait eu la moitié des liaisons comptabilisées par la rumeur publique, elle n'aurait plus eu le temps de manger, de boire, ni de dormir ! Ces bruits n'atteignaient pas Florence qui n'avait de compte à rendre à personne. C'était sa force. Elle pouvait aller partout, inaccessible déesse. Elle gardait la tête haute et le front pur comme ces héroïnes des chansons andalouses de Lola Florès, une *Seguiria* ou une *Gloria de Cadiz* sur lesquelles courent mille calomnies et qui, au dernier couplet, révèlent qu'elles n'ont aimé qu'une fois, une seule personne. Dans le cas de Florence, cette personne, c'était Florence elle-même, sirène éprise de son propre chant et de sa propre beauté.

Florence incarnait, à sa façon, certaines grandes figures de la mythologie, les sirènes, les Danaé. Elle avait eu son Jupiter et reçu sa pluie d'or. Florence et Danaé se reflétaient à travers les miroirs du temps et s'y retrouvaient comme des jumelles amoureuses.

Ce goût de l'or que je ne partageais pas, manqua de nous brouiller. A partir du livre de Gertrude Stein, *Les guerres que j'ai vues,* paru chez Christian Bourgois, je fis un billet intitulé *De l'inutilité de l'or* que voici :

— Gertrude Stein n'accordait de génie qu'à trois de ses contemporains : un savant, Alfred Whitehead, un peintre, Pablo Picasso, et un écrivain qui se nommait... Gertrude Stein. Elle avait, peut-être, le tort de croire à la permanence du génie. Mais, ce qui est certain, c'est qu'elle avait de brèves illuminations, des coups de génie comme en témoigne ce passage extrait de ses *Guerres que j'ai vues* : « Cette nuit, j'ai compris soudain avec force que l'or possédait une qualité presque religieuse, et restera, pour cette raison, l'étalon monétaire. C'est le seul métal qui n'ait aucun emploi pratique ; il est inutilisable dans l'industrie, et la chirurgie dentaire qui s'en est servie, a fini par l'abandonner. » Ces lignes, on devrait les imprimer sur un tract que l'on distribuerait aux dévots de la Bourse qui contemplent l'or avec les yeux que Gertrude Stein avait pour Alfred, Pablo et Gertrude.

Et voilà la réaction de Florence qui lut ce billet dans son *Figaro* quotidien et s'offusqua de voir ainsi traité son Veau d'Or qu'elle adorait : « Allô, allô, vous n'avez pas le droit de parler de l'or comme ça, vous travaillez du chapeau, votre article est complètement ridicule, allô, vous m'entendez ? » « Oui, je vous entends, et je n'ai pas envie de vous entendre davantage, ce n'est pas la peine de me téléphoner à huit heures du matin pour me dire des choses pareilles, vous pouvez raccrocher. » Elle raccrocha.

Nous étions brouillés. Ce n'était pas la première fois, mais la troisième. Rapides, absurdes brouilles suivies de promptes réconciliations. Huit jours passèrent, le téléphone sonna, très tôt, me tirant de mon sommeil. J'éprouvai l'une des plus fortes émotions de ma vie : je crus avoir été réveillé par Marlène Dietrich. Une angine avait doté Florence de la voix de Marlène. C'était irrésistible et quand j'entendis, « alors, on n'est plus fâché, grand imbécile ? », je capitulai et reconnus que je n'étais plus fâché.

Autre motif de mésentente éphémère : les collages que je fabriquais à partir de cartes postales achetées au musée du Louvre et que Lucie Weill exposa à sa galerie, en mai 1981, sous le titre, *Le Louvre en question*. On y voyait le *Gilles* de Watteau se mêler à l'équipe de base-ball peinte par Norman Rockwell, des joueurs de rock faire irruption dans l'Orchestre de Degas et un bonze bouton d'or escalader le balcon de Manet. Florence qui, je le répète, n'était pas conventionnelle, avait pourtant un profond respect pour certaines institutions comme l'Académie Française, Wall Street ou le Louvre. La veille du vernissage, Florence me téléphona pour plaindre le sort du Louvre, déplorer mon inconséquence et soupirer : « Vous êtes incorrigible. » Puis sur le ton de « Mon Dieu, je vous offre ce sacrifice » — je précise que mes collages ne valaient que six cents francs — elle m'annonça qu'elle achèterait quand même un collage et qu'elle espérait être ma première acheteuse et non la dernière. Imprévisible Florence !

86

ॐ

Mercredi 1er juillet 1981

Il y a exactement quatre-vingt-six ans naissait à San Francisco mon Empire Florentin qui me répète aujourd'hui, comme pour s'en persuader : « C'est vrai que j'ai eu une belle vie. » J'écris ces lignes sur un petit carnet, dans un coin de la chambre de Florence, au *Patio*. Chambre immense, avec un incroyable fouillis de télégrammes d'anniversaire, de cartes, de livres. Aux murs des dessins de Fragonard ou de Boucher, et, un portrait, une sanguine qui représente Franck, de profil, il a l'air d'un Robert Redford moustachu. Quel beau couple devaient former cette Jean Harlow et ce Robert Redford des années vingt !

Florence est dans une pièce à côté, pièce d'une blancheur de laboratoire où s'entassent les pots de fard et les flacons de parfums. Quel courage de se farder et de se parer pour affronter les 86 invités que l'on entend déjà arriver dans les salons du bas.

Autant d'invités que Florence compte d'années, c'est une idée originale !

꙳

Je n'oublierai pas l'apparition de Florence dans un ensemble rose. Elle a beaucoup changé, beaucoup gonflé, on dirait l'un de ces bonbons américains que l'on nomme des « mashmellows ». Une fois de plus, selon ses habitudes, Florence lit dans mes pensées et, en m'embrassant, me dit gaiement : « Oui, oui, je sais, j'ai l'air d'une grenouille rose. » Je proteste du mieux que je peux d'un : « Vous êtes magnifique, Florence. » Et c'est vrai qu'elle est magnifique comme le sont certaines souveraines qui refusent d'abdiquer et réussissent encore à parader pour leurs sujets, les jours de fête ou anniversaire. C'est Florence la Magnifique, comme il y eut, autrefois, Laurent le Magnifique. Un admirateur inconditionnel de Louise de Vilmorin devant qui l'on dénon-

çait les incartades de son idole, disait :
« D'accord, mais vous verrez quelle admirable vieille dame Louise fera. » Louise
n'eut pas le temps d'accomplir cette prédiction. Florence, elle, est devenue cette admirable vieille dame dont l'allure, le compor-
tement, les façons d'être abolissaient le souvenir des autres Florence. Elle avait même
déjà agencé son ultime métamorphose. Elle
se changerait, à sa mort, en fondation, la
fondation Florence Jay-Gould.

En ce jour d'anniversaire, je ne pouvais
pas imaginer que cette sirène se changerait
en fondation. Je contemplais cette femme
qui n'avait rien écrit, rien inspiré, qui s'était
contentée d'être belle et de changer défini-
tivement les salons littéraires en salles à
manger. Cette sirène, cette femme qui avait
su se forger un prénom, Florence, qui reje-
tait dans les ombres de l'anonymat le célèbre
nom des Gould.

En ce jour d'anniversaire, dans les flots
de musique, de lumière et de vin de Champagne qui coulaient sur le *Patio,* on se serait
cru à la fin d'un conte de fées dont le début

rappelait celui d'un conte de madame d'Aul-
noy, *La Belle aux cheveux d'or :* « Il y avait
la fille d'un roi qui était si belle qu'il n'y
avait rien de si beau au monde ; et à cause
qu'elle était si belle, on la nommait la Belle
aux cheveux d'or. » Avec l'âge, les cheveux
de la Belle avaient viré à l'acajou.

Début janvier 83, Florence me téléphona :
« Si vous voulez me voir *encore une fois,* il
faut venir, ne tardez pas trop. » Je vins sans
tarder, et sans croire à ce « encore une fois ».
Le 8 janvier, je me retrouvais face à Florence, au *Patio,* pour y déjeuner.

Au menu de ce déjeuner, foie gras, tour-
nedos aux cèpes, mousse de pruneaux, bordeaux Rothschild, champagne Boldington.

Au menu de la conversation, le Lesbos
parisien des années quarante. Florence
s'amusait de mes étonnements et moi, je
m'amusais de ces révélations sur ces dames

qui, maintenant, tenaient le haut du pavé de la vertu et du bonheur domestique, certaines étant devenues d'exquises, d'exemplaires aïeules.

Une fois de plus, pendant ce repas dont j'ignorais qu'il clôturait nos tête-à-tête, je me sentis pris par cet inextricable bien-être doux et diffus que savait dispenser par sa seule présence Florence. En sa compagnie, on voguait vers ces îles bienheureuses, oublieux de tout ce qui n'était pas la sirène... J'aurais pourtant dû m'inquiéter : Florence ne toucha ni au vin de Bordeaux, ni au vin de Champagne. Elle se contentait de boire de l'eau dans l'un des verres du Régent et je n'osais pas demander les raisons de cette subite, de cette insolite abstinence.

Depuis trois ans, déjà, Florence se savait condamnée, un cancer, et seuls, trois de ses intimes à qui elle avait demandé de garder un secret absolu et qui le gardèrent, connaissaient ce verdict. Devant la progression du mal, elle avait voulu savoir combien de temps elle avait encore à vivre. « Onze ou dix-huit mois », avait répondu son médecin.

« Je choisis onze mois », avait-elle répliqué, préférant quitter la vie, à la façon des anciens sages, « comme on quitte un banquet », un banquet dont elle avait eu une large part.

Florence est morte le 28 février 1983.

Pour en terminer avec ce portrait-collage, je suis prêt à faire feu de tout bois, y compris le bois dont on fait les rêves. Plusieurs fois après sa mort, j'ai revu Florence en des songes qui ne différaient en rien de la réalité. Nous continuions à rire, à bavarder, à boire, contents d'être ensemble.

Tout a changé dans la nuit du 16 au dimanche 17 avril 1983. J'étais au *Patio,* Florence y était aussi. Nous nous sommes embrassés plus longuement que d'habitude parce que j'avais enfin compris que Florence allait mourir et que nous allions quitter le *Patio.* Pour vaincre cette tristesse, nous sommes descendus sur une plage. Le soir tombait. J'ai dit : « Vous vous souvenez, Florence, quand je me suis baigné ici, un soir comme ce soir, comme nous étions heureux. » Nous ne l'étions plus puisqu'il fallait nous séparer. Arrivait Aldo, le chauffeur qui devait me conduire à la gare. Je ne pouvais pas détacher mes yeux de Florence qui offrait ce même visage avivé de fard ou de fièvre qu'elle avait en janvier dernier quand je l'avais vue pour la dernière fois. Elle portait le même ensemble noir, avec ses perles et le point rouge de sa Légion d'honneur. Aldo me pressait d'un « Dépêchez-vous, monsieur Chalon, nous n'avons plus que dix minutes, nous allons rater le train. » Je suivais Aldo et me retrouvais à l'enterrement de Florence, sur la plage de Cannes battue par la tempête. Des chaises et des bancs renversés partout. Je cherchais une place et je ne reconnaissais personne dans l'assemblée. Je retournais au *Patio* que l'on était en train de déménager. Les murs avaient disparu. Ne restaient que les tableaux, les merveilleux tableaux, suspendus dans les airs comme dans certaines compositions de Magritte. Surgissait Florence, l'air mécontent. Elle se laissait tomber sur une chaise et me disait : « Jamais j'aurais cru que ce soit aussi fatigant de se faire enterrer. » Puis elle me regarda avec un air de tristesse perplexe, attendant une réponse que je ne pouvais fournir.

Le plus étonnant de ce rêve, c'est qu'il coïncidait avec la réalité. Florence a eu des difficultés à se faire enterrer à New York auprès de son époux. Son cercueil, d'abord retenu par la douane américaine, a été déposé dans un mausolée provisoire puisque le tombeau des Gould était plein...

Florence est morte le 28 février 1983, un peu avant minuit, vers onze heures trente. Ses ultimes paroles, en fin d'après-midi et juste avant d'entrer en agonie furent : « Je n'aurais pas cru que ce soit aussi dur de mourir. Ah, je voudrais qu'on me vide la tête et qu'on m'enlève cette lucidité. » Quels fantômes, quels souvenirs, quels soleils noirs fuyait cette sirène ? Nul n'en saura jamais rien et c'est le destin des sirènes que de partir en faisant place nette, en ne laissant de leur passage sur terre qu'un sillage d'écume, un peu d'écume dans un creux d'infini...

SAINTE LOUISE DE VILMORIN
ou
MARILYN MALRAUX

Autrefois je voulais être une sainte

Anaïs Nin
La Cloche de verre

Lorsque j'étais encore un jeune homme, un peu attardé, comme le remarquait Florence Jay-Gould, vers le milieu des années soixante, j'appartenais à la troupe des dévots qui vénéraient sainte Louise de Vilmorin, chantaient ses louanges, et propageaient ses trouvailles verbales du moment comme « Je t'aimerai d'amour, toujours, ce soir », ses expressions familières comme « peine de paradis » qu'elle employait pour désigner de supportables malheurs, son « Je suis un navire en détresse » qui était le commentaire dont elle accompagnait ses drames, et son « C'est encore la fuite à Varennes qui recommence » devant une accablante fatalité...

Ceux, et celles, qui comptèrent parmi les intimes de Louise seront surpris, voire choqués, par cette épithète de sainte, méritée pourtant. Louise avait beau lancer en guise de boutade « Parle-moi de moi, il n'y a que cela qui m'intéresse », elle était la générosité même. Une générosité qui, comme le ciel dont elle devait directement descendre, n'avait pas de bornes. Louise offrait son toit à qui avait besoin d'un abri et c'est dans sa demeure de Verrières-le-Buisson qu'un Jean Cocteau écrivit sa *Difficulté d'être* et qu'un Orson Welles composa son *Monsieur Arkadin*.

Louise aidait ses amis sans compter. Elle n'était jamais avare d'une recommandation, d'une préface, d'un mot qui, parfois, suffisait à changer un destin. « Pour les autres, je sais tendre la main », me confiait cette sublime mendiante qui ajoutait : « Quand on te demande, tu dois donner et n'oublie pas de donner avec le sourire. »

Et elle donnait, donnait, donnait, jusqu'à épuisement complet de ses jeux d'esprit, de ses feux d'artifices, de ses forces vitales... Au milieu de ses fidèles qui applaudissaient ses prouesses, Louise gardait le sentiment profond d'une inguérissable mélancolie qui donnait à ses plaisirs un goût de cendres. Condamnée à renaître sans cesse de ces cendres-là, elle jouait, quotidiennement, le rôle du phénix. Comment ne pas voir en ces multiples résurrections, la preuve même de sa sainteté ?

Autre preuve : Louise jouissait du don d'ubiquité. Elle était capable d'être partout à la fois : salons, églises, restaurants, théâtres, galeries, boutiques d'antiquaires, châteaux, chaumières. Elle me montrait ses agendas comme autant de bulletins de victoires accomplies en vingt-quatre heures et en cent lieux différents. Absente, elle savait se rendre présente par ses lettres. Ah ! ces lettres que je recevais comme autant de trésors et dont je sais maintenant des passages par cœur comme celui concernant Paul Morand :

J'ai déjeuné chez Josée de Chambrun (...) avec Paul Morand que je connais depuis mon enfance. Je lui suis assez bien attachée. Le temps n'a pas amoindri sa séduction. Il sait regarder les femmes qui lui plaisent et ses yeux sont pleins de cette éloquence flatteuse qui est un piège auquel elles se laissent prendre avec plaisir.

Comme il suffit de voir quelques touches de couleurs pour juger un peintre, quelques phrases suffisent à déceler un talent d'épistolière et celui de Louise, dans les phrases que je viens de citer, est évident. On y sent la présence d'un regard, la persistante séduction d'un Paul Morand.

Une Louise de Vilmorin reste à découvrir. On connaît l'auteur de *Madame de* et de *Julietta*. Mais on ne connaît pas l'incomparable épistolière qu'elle fut, digne d'une Sévigné ou d'une Sand.

Cette épistolière ne quittait son écritoire que pour user, et abuser du téléphone. C'était Notre-Dame du Téléphone en personne. Elle pouvait y passer des heures, immobile, comme les mystiques hindous, dans les grottes des Himalayas, sont à l'écoute de l'univers. Plus modestement, Louise était à l'écoute de Paris, de Londres, de Genève, de New York, de Lunel, de Sélestat, de Centuri. Elle connaissait la terre entière et la terre entière téléphonait à Louise.

Dans son salon bleu, le téléphone n'arrêtait pas de sonner. Louise entretenait avec cet appareil des rapports passionnés. « Il me tue, je le hais, il mange mon temps. » Pendant ces communications, elle dessinait sur des bouts de papier ce qu'elle baptisait « les monstres du téléphone », créatures sorties de son imagination et qui servaient à tromper son impatience quand les communications se prolongeaient trop, à son gré.

Quand elle l'utilisait pour son propre compte, cet instrument de torture se métamorphosait en objet de délices. Le téléphone se révélait son allié le plus sûr, un moyen efficace de se transporter, sans bouger, auprès de ses amis de qui elle exigeait une présence perpétuelle. Exigence qui expliquait bien des ruptures ! On ne pouvait pas être disponible vingt-quatre heures sur vingt-quatre au service de sainte Louise de Vilmorin...

Entourée, fêtée, adulée, Louise ne s'a-
vouait pas rassasiée. Elle était prête à accep-
ter n'importe quelle invitation pour échap-
per à un instant d'isolement. Elle ne supportait pas la solitude, pas plus qu'elle ne
tolérait ce frère de la solitude, le silence.
Pour y mettre fin, elle empoignait aussitôt
son téléphone et appelait ses amis de toujours ou ses copains du moment.

Cette Notre-Dame du Téléphone se parlait surtout à elle-même. Son téléphone,
c'était surtout son miroir sonore dont elle
n'espérait qu'un écho d'approbation. J'ai
joué, pendant quelques saisons, ce rôle
d'écho ébloui, muet à force d'admiration.
Muet mais pas sourd. J'écoutais avec frénésie. Je n'étais pas habitué à de tels numéros
de voltige vocale. Louise me montrait les iné-
puisables ressources du monologue inspiré.
Cette Callas du soliloque ne supportait pas
les interruptions. Cette diva n'admettait que
le silence approbateur. Je me taisais, trop
heureux d'écouter le récit de ses amours. Il
m'arrivait même de bisser certains morceaux.
Louise se faisait un peu prier, puis recom-

mençait son récital de prénoms, de pièges, selon elle, inévitables. Louise avait été une alouette se prenant à tous les miroirs.

« Allô, Jean ? C'est Louise... » Elle s'est donc tue cette voix qui, souvent, le matin, me réveillait de son « Allô, Jean ? C'est Louise... » Cette dernière précision était inutile : Louise de Vilmorin avait une voix impossible à confondre avec d'autres. Ses intonations rappelaient, en plus outré et en plus mélodieux, celles de certaines actrices de la Comédie Française. Parfaite, sa diction. Net, son discours coupé fréquemment de « hein, crois-tu ? » et, plus rarement, de « merveille » qui servait à marquer ses saintes extases.

« Allô, Jean ? C'est Louise... » Dès qu'elle avait raccroché, je notais dans mon journal intime ce qu'elle venait de me dire. En guerre contre la fuite du temps, Louise battait le rappel des instants passés. Elle éprouvait le besoin constant de retenir les moments d'hier en me les rendant présents aujourd'hui. Son « Allô, Jean ? C'est Louise... » était inévitablement suivi d'un « Je vais te faire l'historique de ma journée d'hier et je vais te dire ce qui m'attend aujourd'hui ». Et voilà ce que cela donnait :

5 mai 1965

— Allô, Jean ? C'est Louise... Ecoute. Aujourd'hui, je serai à 6 h 30 chez Madeleine Castaing, au coin de la rue Bonaparte et de la rue Jacob. A 7 heures, j'irai voir l'exposition de dessins de Jacques Franck, et à 7 h 30, j'irai, avec Jean Hugo qui est arrivé ce matin de Lunel, m'asseoir quelques minutes au bar du Pont-Royal. Puis je rentrerai dîner ici, à Verrières. Seule. Veux-tu partager mon dîner et ma solitude ? Tu m'écoutes ?

— Bien sûr que je t'écoute. Que veux-tu que je fasse d'autre ?

Il n'y avait rien d'autre à faire qu'à écouter ce flot de paroles, ce ruissellement de mondanités, ce Gange frivole éternellement en crue.

6 mai 1965

Visite rapide en fin de journée chez les Aragon. Louise rend compte à Louis et à Elsa d'un récent voyage qu'elle a fait en Russie.

Louis et Elsa (avec impatience, en même temps) :

— Alors, enfin, la Russie, qu'est-ce que tu en penses ?

Louise (péremptoire) :

— Abominable.

Louis et Elsa (même jeu) :

— Comment ? Pourquoi ?

Louise (majestueuse) :

— A-bo-mi-na-ble. Tu me dirais, Louis, que leur Révolution a eu lieu il y a cinq ans, je te dirais, les Russes ne sont pas en avance. Tu me dirais, Elsa, que leur Révolution date de dix ans, je te dirais que les Russes sont en retard. Mais vraiment, vraiment, vraiment, cinquante ans après leur Révolution, les robinets des salles de bains dans les hôtels coulent encore et ils ne sont pas capables de les réparer ! C'est a-bo-minable ! Et le reste est à l'avenant !

C'est une façon, comme une autre, de juger la Révolution russe. Les Aragon, prétextant une soirée au théâtre, écourtent l'entretien clos par Elsa d'un : « Ma pauvre Louise, tu ne changeras jamais. » Et c'est précisément ce qui fait la richesse, le charme, de Louise : elle ne change pas ses façons de voir, ses manières de penser. Son esprit est plus fidèle que son cœur.

27 mai 1965

— Allô, Jean ? C'est Louise... J'arrive de Genève où je suis allée assister à l'exposition Max Ernst. Superbe l'exposition et

magnifique Genève. Il faisait si beau au bord
du lac qui était comme un grand ciel à mes
pieds, que j'ai eu du mal à partir. J'aurais
voulu rester là. Impossible. J'avais un dîner
à Paris chez Françoise. Deux tables de douze
couverts. Assommante horreur. Je me suis
couchée, demi-morte, vers deux heures du
matin.

A demi morte à deux heures du matin, et
ressuscitée à neuf heures de ce même matin,
elle foisonne de vie et de projets. Elle veut
inventer l'Eau Bleue. Toutes les eaux seront
bleues. Il suffira d'un léger colorant inoffen-
sif. Elle déposera le brevet et fera fortune.
Elle sera Notre-Dame de l'Eau Bleue. Tout
sera bleu, comme son salon. Le rêve, quoi.

— Allô, Jean ? C'est Louise... Hier, je
me suis encore couchée trop tard. Je suis
allée à une fête. Tout ce que Paris comptait
de plus à la mode se trouvait réuni là : ducs

et princes, ambassadeurs et banquiers, grands couturiers et propriétaires d'écuries de courses. J'ai regretté de n'y voir ni prédicateurs célèbres, ni évêques.

— Louise, Louise, tu n'es jamais contente !

13 juin 1965

— Allô, Jean ? C'est Louise... Tu sais qui est arrivé hier soir chez moi ? Maurice Pianzola.

— Qui est-ce, celui-là ?

— Le conservateur du musée d'Art et d'Histoire de Genève. Il ne croit ni en Dieu, ni en diable. Il est libre penseur, et malgré cela, sa mentalité est, à son insu, typiquement celle d'un puritain genevois. Il hésite à rire. On sent en lui la méfiance et la peur d'être abusé. C'est probablement pourquoi il est si attentif.

— Quel portrait, Louise, tu es notre Madame La Bruyère.

— Je préfère être un « brin de bruyère, souviens-t-en »...

17 juin 1965

— Allô, Jean ? C'est Louise... J'ai oublié de te dire que, hier, des bûcherons sont venus abattre les arbres morts du parc de Verrières et élaguer les vivants. Je suis allé caresser, avant qu'il ne tombe, un grand chêne que j'aimais beaucoup. Maintenant, c'est fini. Il est à terre et je suis triste.

Tristesse que je partage puisque je considère un arbre comme un être humain. Pour conforter ma théorie, je cite à Louise cet extrait des *Upanishads* :

En vérité, l'homme ressemble à un arbre puissant, Seigneur de la forêt. Sa chevelure en est le feuillage abondant. Sa peau l'enveloppe, telle l'écorce. Son sang sort de la peau, tout comme la résine jaillit de l'écorce. Et le sang qui s'écoule de l'homme qu'on tue, c'est la sève de l'arbre que l'on a abattu.

111

— Mon chêne avait 150 ans, ce qui est très jeune pour un chêne. Ah, que je suis triste, soupire Louise avant de raccrocher.

≈

21 juin 1965
Thé chez Natalie Barney qui abandonne ses invités pour me parler, dans un coin, de Louise de Vilmorin. Fréquentation que Natalie n'approuve pas : « Louise est une actrice d'elle-même et vous êtes un mauvais metteur en scène. » Je ne cache pas combien je suis blessé par cette flèche inattendue. Natalie me console immédiatement par son habituel « N'oubliez pas que je suis toujours auprès de vous, en Amazone. »

Je quitte Natalie et son 20 rue Jacob pour retrouver Louise au 5 rue Sébastien-Bottin, devant les éditions Gallimard. Nous allons dîner à Rueil, chez les Jouhandeau. Impossible de trouver un taxi. Il faut se résigner à téléphoner aux Jouhandeau qui se résignent, à leur tour, à nous envoyer leur auto et leur chauffeur.

Il fait chaud et nous avons soif. Nous pourrions aller boire dans un bar, mais, quitter le trottoir où nous attendons, ce serait courir le risque de rater la voiture. « Attends », dit Louise en levant sa main gantée de blanc, « j'ai une idée. » Et elle s'éloigne, avec cette démarche, cette danse, cette valse-hésitation que l'on nomme chez les autres, boiter. Louise souffre d'une claudication légère qu'elle a su transformer en grâce supplémentaire.

Louise revient. Elle a acheté au bar de l'Espérance, deux verres et une bouteille de vin blanc. Nous vidons la moitié de la bouteille. Les passants nous regardent avec un étonnement qu'ils ne cherchent pas, hélas, à dissimuler.

Le chauffeur des Jouhandeau arrive. Louise laisse sur le trottoir la bouteille et les deux verres, en lançant à la cantonade :

— Pour les clochards du quartier.

❧

24 juillet 1965

Bref séjour chez mes parents, à Carpentras où Louise me rejoint pour deux jours. De Carpentras, ma ville natale, tout l'amuse et tout l'étonne, et particulièrement la synagogue verte et dorée. « Voilà le vert que je cherche depuis si longtemps pour ma salle de bains », s'écrie-t-elle.

Après la visite à la synagogue, nous faisons le tour du Mont Ventoux. Nous nous arrêtons chez un couple de bergers que je connais. Le père et le fils qui vivent dans une extrême pauvreté. Touchée par ce dénuement, Louise décide de leur offrir un transistor. L'enchantement provoqué par ce cadeau est tel que Louise, plus tard, me dira :

— Tu verras que tout ira mieux pour eux dès qu'ils seront un peu plus heureux. Il faut être heureux pour avoir de la chance et c'est pourquoi nous devons donner un peu de bonheur aux gens qui, à force de n'en avoir pas, finissent par penser qu'ils n'ont pas de chance. Et ça, c'est affreux.

31 juillet 1965

— Allô, Jean ? C'est Louise. Je suis en Corse. La maison est une merveille. Avec des menus qui te plairaient : soupe de poissons, aubergines frites, fromage blanc à l'huile et à l'ail.

— Tu sens l'ail ?

— Je sens l'ail. Et toi, pourquoi ne sens-tu pas l'ail ?

Absurdité d'un tel dialogue que je ne rapporte que parce qu'il est suivi d'un rire également absurde. Louise dispense le rire fou comme un remède à tous les maux et, en cela, elle peut être rangée parmi les bienfaitrices de l'humanité. Sainte Louise de Vilmorin...

3 août 1965

Je raconte à Louise que j'ai vu, sur les Champs-Elysées, un spectacle insolite, deux vieux messieurs, très âgés, très distingués, en habits noirs très élimés, tenant en laisse un singe qui jouait de l'orgue de Barbarie. L'imagination de Louise s'enflamme aussitôt :

— J'espère que les passants leur signaient des chèques et qu'ils sont maintenant millionnaires. Ils ont un hôtel particulier. Le petit singe couche dans un berceau d'acajou avec des rideaux de dentelles et les deux messieurs dans des lits dorés. Tous les trois boivent du vin de Champagne dans les pantoufles de cristal de leurs maîtresses nues, ou dans les bottes de leurs amants. Que crois-tu qu'ils aiment, les dames ou les messieurs ?

Louise me fait parfois l'effet d'un lutin civilisé qui vous entraîne, comme par effraction, dans un monde irréel qui, avec son vin de Champagne et ses rideaux en dentelles, ressemble au monde réel dans lequel vit cette même Louise. Cette aristocrate pratique un

116

socialisme élégant, fastueux et voudrait que tout le monde habite des hôtels particuliers. J'ai rarement vu une telle obsession de charité, de bonheur universel...

❧

7 juin 1967

— Allô, Jean ? C'est Louise... J'arrive de Londres où j'ai passé la journée d'hier. Je n'y suis allée que pour déjeuner avec mon amie Diana Cooper, mais j'y ai revu, et même retrouvé, un homme charmant que j'ai beaucoup aimé et qui m'a aimée du temps que j'étais volage. Nous avons dîné en tête à tête chez Wilton, restaurant d'autant plus à la mode qu'il est de style 1900. Décors intimes. Boiseries. Lumières opalines tombant sur des fleurs lumineuses. Tu vois ?

— Comme si j'y étais. Continue.

— L'heure, bien que présente, était toute au passé. Chaque fois que cet ancien amoureux qui a pris de l'embonpoint avec

117

l'âge, me regardait de ses yeux brillants, indulgents et tendres, je retenais mes larmes et
j'avais envie de mourir pour lui tant je l'aimais encore d'un amour nouveau. Est-ce que
tu peux comprendre cela ?

— Pourquoi je ne le comprendrais pas ?
Cela s'appelle un retour de flammes. Est-ce
que ?...

— Non. Nous nous sommes quittés sans
un mot. J'en ai l'âme chavirée. Je suis un
navire en détresse.

9 juin 1967

Le navire n'est pas resté longtemps en
détresse. Louise revient d'un déjeuner chez
Maurice Chevalier, à Marnes-la-Coquette.
Elle m'en fait le récit :

— Il y avait le ménage Arthur Rubinstein, le ménage Pasteur-Vallery-Radot et
moi. Rien que des octogénaires, ou presque.
Chevalier, 79 ans, Pasteur-Vallery-Radot,

118

82 ans, Rubinstein, 80. Eh bien, ils étaient tous très jeunes, fringants, bavards. Ils faisaient de proches, et de lointains, projets d'avenir. Ils évoquaient aussi le passé. « Tu te souviens de la petite Lili ? Quel appétit se cachait sous ses airs fragiles... » « Elle vit encore ? » « Oui. » « Avec qui ? » « Avec ses 90 kilos. »

Et une fois de plus, souverain, fuse le rire de Louise.

Ces éclats de rire, ces fréquentations non moins éclatantes ne parvenaient pas à atténuer la mélancolie de Louise de n'être pas reconnue comme un écrivain à part entière et d'être injustement cataloguée comme « écrivain mondain ».

Il était arrivé à Louise de Vilmorin la même mésaventure qui affligea autrefois Anna de Noailles, et, plus récemment, Jean Cocteau : l'éclat de leur personnage a rejeté dans l'ombre leur œuvre.

Louise était de toutes les fêtes, ce qui ne se pardonne pas. Sa présence aux bals donnés par un Guy de Rothschild ou un Charles de Bestegui faisait oublier qu'elle était l'au-

teur de recueils de poèmes comme *L'alpha-*
bet des aveux, Fiançailles pour rire ou *Le*
sable du sablier. Ses mots d'esprit que rap-
portaient les gazettes effaçaient ses paroles
de poète.

Louise était, avant tout, poète et elle
l'ignorait. Ou plutôt, elle refusait d'y croire
parce qu'elle avait la poésie naturelle comme
on a les yeux bleus. Cela se manifestait par
un évident, un permanent don d'improvisation. Par exemple, après un dîner avec Aly
Khan, le 7 juin 1954, elle écrivait, sur un
coin du menu, et sans aucune rature :

Pour une fois je suis heureuse,
Et j'ai bien peur et j'ai bien peur.
Et que dirais-je, étant heureuse,
Si la peur me portait bonheur ?

Parfois, au hasard d'une lettre, cette épistolière abandonnait la prose pour s'exprimer
en alexandrins ou en octosyllabes. Au lieu
de m'écrire, « Je regrette de n'être pas avec
toi à la mer », Louise préférait m'avouer son
regret par les vers suivants :

Que ne suis-je la vague
Où baignent tes secrets

Et que ne suis-je l'algue
Liée à ton poignet...

A ce don d'improvisation s'ajoutait un lyrisme qui en faisait la digne fille des Romantiques. Par son goût de jouer avec les mots, Louise s'apparentait aussi aux Précieux et aux Baroques.

Il y a, dans ses vers, une gravité qui devrait suffire à abolir sa réputation de poète frivole, comme en témoigne le poème intitulé *Aidez-moi doux Seigneur* dont voici le début :

Aidez-moi doux Seigneur et j'oublierai la
[plage
Et le ciel sur la mer et la mer à mes pieds
Et les villes la nuit et mon joli village
Et les regards d'amour et mon amour
[dernier [1].

Ce poème-là, je le savais par cœur, bien avant de connaître son auteur, et, quand, le 17 février 1965, à l'hôtel Meurice, Florence Jay-Gould me présenta à Louise de Vilmorin qui serait ma voisine de table, au déjeuner,

---

1. *Poèmes*, Gallimard.

je ne pus m'empêcher de réciter mécani-
quement :

Aidez-moi doux Seigneur et j'oublierai la
                                    [plage
Et le ciel sur la mer et la mer à mes pieds
Et... et... et...

J'avais présumé des forces de ma
mémoire. L'émotion aidant, il m'était impossible de continuer. J'arrêtai net mes bre-
douillements. Je me mis à rougir, conscient
du ridicule de réciter un poème à son auteur
dans le brouhaha d'une réunion mondaine.
J'étais aux veilles de mon trentième anniversaire, le 8 mars, et, en bon natif des Poissons,
j'avais, à peine, douze ans d'âge mental.
Louise s'en aperçut de suite et essaya, vaine-
ment, de me rendre plus adulte.

Elle aimait les causes désespérées, Don
Quichotte, les Fenouillard, la fête de Noël
qu'elle préparait pratiquement toute l'année,
les violettes de Parme, le parfum *Heure Su-*
prême dont elle s'inondait, les dragées, et
George Sand.

Invitée à Nohant à parler de Sand, Louise,
à travers George, ne parla que d'elle-même :

— Sand intriguait l'imagination des hommes... Au début de la séduction, il faut déconcerter, inquiéter, n'être pas comme les autres... Elle a eu tous les hommes célèbres de son temps, elle écrivait des lettres passionnées, elle était sans pudeur, ni respect humain... C'est vrai que les femmes qui ont des quantités d'amants sont des insatisfaites... J'admire et je plains Sand. J'admire sa force et je plains son désir éperdu de conquêtes. Elle est une suite de constants renouveaux avec un peu de nostalgie... Elle avait des yeux superbes... Elle était excessivement femme.

Louise avait aussi des yeux superbes, bleu-vert piquetés d'or, et était aussi « excessivement » femme. Excessivement ? Non. C'était une femme qui connaissait son métier de femme : faire marcher les hommes. Elle savait que les hommes ont des faiblesses qu'il suffit d'exploiter. Ils ont des peurs et des hontes que l'on croit uniquement réservées aux femmes. Là-dessus, Louise était formelle :

— Observe, par exemple, les hommes

au restaurant quand ils commandent un dessert. Ils ne prennent pas de fruit par peur
de ne pas savoir le peler convenablement. Ils
ont honte. Les hommes ont toujours honte.
Les femmes n'ont honte de rien. Voilà l'une
de nos différences fondamentales... Pour en
revenir à nos fruits, une femme qui sait
impeccablement peler une poire, ou une
pêche, n'a pas à craindre pour son avenir.

Comme tout était facile avec Louise, elle
épluchait les fruits, les cœurs avec la même
dextérité. Habile à lire les lignes du cœur,
elle n'en était pas moins experte dans l'entretien des jardins et des vergers.

Cette fille d'Eve pouvait discuter des
pommes avec compétence et comparer les
mérites de la Transparente de Croncels, de
la Calville Saint-Sauveur ou de la Reinette
de Caux.

Cette fille des villes et des champs, cette
dame de chez Maxim's et cette sœur des
roses trémières avait, une fois par semaine,
son jour de gloire : le dimanche.

Le dimanche était pour Louise le couron-
nement de la semaine, comme Noël était le

sommet de l'année. Elle ne consacrait pas ce jour entièrement au Seigneur. Certes, elle accordait quelques prières, quelques pieuses pensées au Bon Dieu, mais elle gardait le reste de la journée pour l'exercice de l'amitié.

L'amitié, selon Louise, comportait une série de rites obligatoires qu'elle observait scrupuleusement. Elle n'oubliait pas une fête, pas un anniversaire. Et le dimanche, elle donnait libre cours à son goût de l'amitié. Préférait-elle l'amitié à l'amour ? Elle n'est plus là pour répondre à cette question. Et même si elle était là, je ne suis pas sûr qu'elle y répondrait... Louise, tel un sphinx, aimait à poser d'insolubles énigmes !

Au déjeuner du dimanche, elle recevait quelques intimes, comme les René Clair ou les Gérald van der Kemp avec qui elle jouait, si le temps le permettait, aux boules dans les allées du parc de Verrières.

A cinq heures, elle buvait du thé et mangeait une énorme brioche chaude qui embaumait et qu'elle bourrait de confiture. Ainsi lestée, elle effleurait, à peine, les nourritures servies au dîner où elle pourrait briller de tous ses feux, devant un public de choix composé de célébrités durables et de personnages passagèrement à la mode. Les messieurs y étaient plus nombreux que les dames considérées par Louise comme autant de possibles rivales. Il n'était pas question de céder la parole à ces oiselles affamées qui se jetaient sur le pot-au-feu que l'on servait traditionnellement à neuf heures du soir. On ne parle pas la bouche pleine. Louise qui digérait paisiblement sa brioche en profitait pour clouer le bec à ces oies qui avaient cru pouvoir couvrir son chant de cygne distingué, ses roulades de rossignol infatigable.

Louise avait l'aisance des reines qui transportent partout où elles daignent paraître leurs façons d'être et de parler, assurées qu'elles sont de provoquer l'admiration de leurs sujets. Elle apparaissait une fois, une seule, chez des gens sans importance, les éblouissait et repartait, sa mission de séductrice accomplie. Parce qu'elle vivait dans la terreur d'être oubliée, elle, l'inoubliable Louise, se bâtissait apparition par apparition une éphémère part d'éternité. Elle prenait une assurance contre l'oubli, en continuant à vivre dans le cœur de ces gens conquis par son numéro d'acrobaties verbales, par ses mines, par ses gestes, par sa façon de tenir sa cigarette que je n'ai jamais plus vue fleurir dans aucune autre main. Elle se conformait à l'un de ses principes : « Quand on ne pense plus à toi, tu es vraiment mort. »

Pour ne pas risquer ce genre de mort, Louise m'entraînait dans de lointaines banlieues pour dîner avec des ébénistes, des tapissiers, des brodeuses, des antiquaires, des imprimeurs, des graveurs, qui ne juraient que par Madame de Vilmorin, « Mademoiselle de Vilmorin », rectifiait-elle, chaque fois, doucement. Elle tenait beaucoup, après ses deux divorces, à son titre de mademoiselle, ce qui ne l'empêchait pas de profiter de son titre de Comtesse auquel elle n'avait plus droit mais qu'elle avait conservé de son deuxième mariage, avec un comte hongrois, Paul Palffy.

Cette double appellation créait à ceux qui débutaient à la cour de Louise de Vilmorin de drôles de quiproquos. Quand je rejoignis Louise pour la première fois au restaurant, je demandai : « La table de mademoiselle de Vilmorin » et on me répondit : « Je vous conduis à la table de madame la Comtesse. » Je n'osais pas rectifier, je ne savais comment sortir d'embarras jusqu'à ce que je comprenne que mademoiselle de Vilmorin et madame la Comtesse ne formaient qu'une personne. Ce qui donnait l'impression d'avoir deux amies en une. On ne savait jamais en présence de qui on allait se trouver, la demoiselle ou la comtesse ? Le problème ne se posait pas longtemps. Louise avait l'amitié foudroyante et exigeait rapidement de n'être plus que Louise, en toute simplicité, en toute banalité. Elle insistait beaucoup sur sa banalité. « Je suis tellement banale que cela en est écœu-

rant », affirmait-elle, provoquant des déné-
gations véhémentes et l'énumération de ses
originalités.

C'est vrai qu'elle ne faisait rien comme
personne. Quand j'allais la chercher chez son
coiffeur, avenue Matignon, je me délectais,
à l'avance, de la scène à laquelle j'assisterai.
D'abord, Louise serait en retard et me prou-
verait qu'elle était prête. Oui, je suis prête,
mais je dois essayer cette écharpe, je dois
acheter du vernis à ongles, je dois savoir ce
que je dois et je m'en épouvante à l'avance,
j'appelle au secours mon ange gardien.

— Comment utiliser les plumes de mon
ange gardien ? demande Louise à son manu-
cure chinois éberlué. Grâce à cette question
qui enchante tout le salon de coiffure, Mademoiselle de réussit sa sortie.

Louise pratiquait la volupté de se gas-
piller jusqu'à l'extrême, jusqu'à l'absurde.
Cette machine à plaire offrait sa personne, sa
voix, ses improvisations, sa légende, à n'importe qui, sans discernement aucun.

Epuisée par les grandes manœuvres de la
séduction, elle usait du privilège dévolu aux

grands stratèges, celui de s'endormir n'importe où pendant quelques minutes.

Louise ignorait l'insomnie. La tête sur l'oreiller, elle s'endormait aussitôt. Elle tombait dans les bras de Morphée pour se réveiller dans les bras d'un Orphée. Poète, elle aima certains poètes de son temps. Quand elle évoquait ces amours-là, elle pleurait. Elle pleurait avec une facilité, une abondance qui laissaient pantois. Impossible d'endiguer ces torrents de larmes qui emportaient tout sur leur passage. Louise appartenait à une époque où les larmes des femmes étaient sacrées et venaient à bout des refus. Elle ignorait que les larmes n'avaient plus ce pouvoir et pleurait consciencieusement ses amours mortes, la fuite du temps, les contretemps, les tuiles arrachées par l'équinoxe à la toiture de sa demeure, les ratages, les « peines de paradis ».

Pleurs d'enfant gâtée ? C'est vrai que l'on accusait souvent Louise d'être une enfant gâtée ! On l'accusait également de légèreté. Cette légèreté, pour une fois, n'avait pas de mystère. Louise restait obstinément accro-

130

chée aux ballons rouges de son enfance et, de haut, nous survolait, lointaine, vaguement méprisante, avide de respirer l'air des cimes de l'enfance, celui des poupées qui parlent, des oiseaux bleus, des chattes blanches et des ours en peluche.

Il y avait beaucoup d'ours dans sa demeure de Verrières. Dans le hall, un ours en bois recevait entre ses pattes les parapluies. Dans la salle à manger, des ours en argent crachaient, par leur museau, le sel et le poivre. Dans le salon, des ours dorés grimpaient aux chandeliers. Ces ours étaient-ils les gardiens d'une enfance abolie ? Notre Dame du Téléphone, Notre Dame de l'Eau Bleue était-elle *aussi* une Notre Dame des Ours ?

Ce n'est pourtant pas à une Notre Dame des Ours que me faisait songer Louise, mais à Livia Serpieri, l'héroïne du film de Visconti, *Senso,* et à la *Septième Symphonie* de Mahler qui rythme ce film. Comme Livia, Louise était une passionnée, sans cesse à la poursuite d'un amour impossible. Face à cette impossibilité, Louise n'abandonnait pas. Elle empruntait aux séducteurs d'autrefois leurs façons de plaire. Elle envoyait des bonbons, des télégrammes, des lettres et même des fleurs. Elle osait envoyer des fleurs aux hommes qui, peu accoutumés à de tels envois, succombaient, flattés de voir l'effet que produisaient ces fleurs sur leur secrétaire, leur collaboratrice, leur entourage...

Paul Morand donnait de Natalie Barney la définition suivante : « De l'audace et des manières. » Cela aurait pu s'appliquer à Louise. Cette audace la poussait à des actes saugrenus, sans perdre ses bonnes manières, sa parfaite courtoisie. Et quand elle les perdait, elle jetait des éclairs, lançait la foudre, anéantissait le malheureux, ou la malheureuse, coupable d'un crime de Lèse-Louise.

A Notre Dame du Téléphone, de l'Eau Bleue et des Ours succédait une Notre Dame des Orages, comme j'ai pu l'observer pendant le tournage de la deuxième « *Bienvenue Louise de Vilmorin* », une émission de télévision réalisée par Guy Béart :

— Quand je pense que je pourrais me promener au jardin du Luxembourg avec

André Malraux avec qui je viens de déjeuner ou aller au cinéma avec toi, alors que je suis obligée de faire cette émission, c'est trop affreux, se plaignit Louise dans le taxi qui nous emmenait vers les studios de Boulogne.

Louise y retrouva Louison Bobet qu'elle n'avait pas vu depuis longtemps. Cris de joie, répétitions de leurs prénoms, Louison-Louise-Louison-Louise, embrassades, effusions, compliments mutuels interrompus net par un hurlement de Louise :

— Ma valise ! J'ai oublié ma valise dans le coffre du taxi ! Avec les robes que Dior m'a prêtées ! Avec mes bijoux, des bijoux de famille ! Je meurs ! Je suis morte ! Personne ne s'occupe de moi ! Il n'y a ici aucune organisation, je ne comprends pas que...

L'aimable Louise se transformait, sous nos yeux, en furie antique, maudissant le sort, ou les inutiles, comme moi, qui auraient dû penser à cette valise dont j'ignorais même l'existence. C'était l'émeute au studio. Louise se livrait à des trépignements sauvages, à des paroles inconsidérées. Elle offrait les signes extérieurs d'une imminente crise de

133

nerfs quand, miracle, le taxi ramena la valise. Et le tournage de l'émission put commencer, Louise ayant retrouvé ses robes, ses bijoux, son charme, son sourire. Et l'oubli total de cet orage que chacun s'efforça d'imiter « Merveille, merveille que ce taxi », murmurait-elle encore avant d'affronter les caméras.

Décidément Natalie Barney avait raison, elle avait toujours raison, Louise était une actrice d'elle-même et n'avait besoin d'aucun metteur en scène pour briller. Elle avait le sens de la scène, à tous les sens que peut avoir ce terme, et l'impérieux besoin d'un public.

Natalie m'avait déjà [1] converti à sa religion du tête-à-tête à laquelle j'essayais désespérément d'amener Louise pour qui les délices, les délires de la conversation à deux ne constituaient pas l'essentiel d'une amitié. Cette divergence, et d'autres griefs, provoquèrent un durable orage, un typhon tellement dévastateur que l'on se jura solennelle-

---

1. Voir du même auteur, *Chère Natalie Barney*, Flammarion et Livre de Poche.

ment de ne plus jamais se voir et de ne plus jamais se parler.

Trois mois plus tard, on se retrouva et on se parla, à Versailles, dans un restaurant proche du château. Marie-Antoinette veilla sur nos retrouvailles puisque, ni Louise, ni moi, nous ne nous consolions de l'échec de la fuite à Varennes. J'avais appris à dire, à mon tour, comme Louise : « C'est encore la fuite de Varennes qui recommence. »

Ce soir-là, celle que l'on croyait trop frivole, trop comblée, me confia son mal de vivre :

— J'ai vécu et je suis triste de vivre. On m'a souvent offensée, blessée, abattue, mais j'ai refusé de prendre le parti du mal que l'on m'a fait, et des insultes que j'ai endurées. Folie que d'oublier le meilleur pour le pire.

Comme j'aimais ce « folie que d'oublier le

135

meilleur pour le pire » que j'appliquai sur-le-champ et qui, plus tard, m'aida à vaincre des accès de rancune.

On ne pouvait pas tenir longtemps rigueur à Louise de ses querelles de jeune fille prolongée, de ses susceptibilités de collégienne sexagénaire, pas plus que l'on ne pouvait se priver longtemps des spectacles qu'offrait cette femme-spectacle. Dans *L'Avenir est à ceux qui s'aiment* [1], j'en ai retenu quelques-uns comme, par exemple, *Les retrouvailles avec Orson Welles* :

Je vois encore, un dimanche soir, arriver à l'improviste, Orson Welles. C'était l'époque où il tournait « Falstaff » dont il avait gardé le costume noir. « Où est Louise ? » me demanda-t-il, impatient de revoir son amie. « Là-haut, dans sa chambre, elle se prépare, je vais la prévenir », et je montai avertir Louise qui descendit aussitôt, les bras tendus, roucoulant : « Orson, Orson, Orson », tandis qu'Orson Welles, en bas de l'escalier, rugissait « Divine girl, divine

---

1. Stock.

girl. » L'Orson prit la fille divine dans les bras et la fit tournoyer. Entre deux tours, Louise me pria d'appeler Iolé, sa gouvernante et confidente, qui aimait beaucoup « M. Welles ».

— Quand Orson est là, je ne vois plus ma Iolé.

— Pourquoi ?

— Parce que Iolé passe son temps à repasser ses pantalons et tu as vu la taille qu'il a ?

༄

Il me semble que, jusqu'à la fin de mes jours, j'écrirai sur cet inépuisable sujet : Louise de Vilmorin. Je songe parfois à me changer en essayiste pour composer un ouvrage intitulé : *Le sérieux de la fantaisie dans l'œuvre de Louise de Vilmorin.*

En l'auteur de *Madame de, Julietta, Le retour d'Erica, Histoire d'aimer, Le violon,*

Michel Déon voyait [1] « un des derniers écrivains qui ose parler de l'amour romanesque, en étaler les grâces comme les naïvetés. (...) Avec une ingénuité parfaitement feinte, Louise de Vilmorin a choisi dans la littérature féminine d'aujourd'hui un rôle qu'on ne peut plus lui disputer : elle raconte des histoires à haute voix, le soir au coin du feu (...). »

Comme Karen Blixen, Louise de Vilmorin était une conteuse née. C'était le soir, et de préférence le dimanche soir, au coin du feu, dans son salon bleu que Louise donnait le meilleur de ses talents de conteuse. Elle inventait des histoires qui commençaient par « La reine d'Italie avait un chat qui offrait cette particularité d'être un chat fantôme » ou « C'était un monsieur qui avait épousé une grosse armoire et dans chaque tiroir de l'armoire, il y avait un enfant ».

Louise marquait une nette préférence pour les histoires insolites et les endroits qui

---

1. Dans sa préface à ces romans que je viens de citer et qui sont réunis en un seul volume pour *Le meilleur livre de la femme* (1965).

l'étaient aussi. Elle savait marier l'insolite d'une histoire et l'insolite d'un endroit, comme, à Paris, le restaurant de la gare de Lyon. Bien avant que ce dernier fut classé monument historique, Louise fut l'une des premières à en parler et à le décrire dans son roman, *La lettre dans un taxi* [1], qui date de 1958 :

Il n'y a à Paris de plus beau restaurant que celui de la gare de Lyon : imaginez une vaste pièce rectangulaire et richement décorée, dont le plafond, en anse de panier, semble prendre naissance à deux mètres du sol. Tandis que des mascarons de physionomie placide protègent l'envolée de certaines nervures, des sirènes, cariatides de fantaisie, ne soutiennent dans cette architecture que le rêve du voyageur. Craignant, sans doute, de manquer le train en se laissant prendre à leur charme, il s'ingénie à suivre des yeux les moulures massives et d'un modèle pompeux qui encadrent des scènes régionales du Midi de la France, peintes à

1. Gallimard.

l'huile par les artistes officiels des années 1900.

Ces années 1900 représentaient pour Louise, née le 4 avril 1902 à Verrières-le-Buisson, le temps de l'enfance, le temps de ses parents, Philippe et Mélanie de Vilmorin.

De sa mère, Louise me citait des paroles qui, quand elles furent prononcées, l'avaient fortement impressionnée :

— Ma fille, tu as dix-huit ans et tu ne te marieras jamais. Tu passes ton temps à écrire des futilités et à regarder par la fenêtre ce qui se passe dans la rue. Fille fenêtrière est rarement ménagère. Les hommes n'aiment pas cela.

Mélanie de Vilmorin compta parmi les plus belles femmes de son époque. « Vous trouvez Louise belle parce que vous n'avez pas connu Mélanie qui l'était cent fois plus... », me fit observer Marthe Bibesco.

De son père, Louise me rapportait les paroles saisies au vol, pendant une visite chez des cultivateurs, dans les environs de Chartres, et concernant les bouquets de mariées que l'on conservait, autrefois, sous des globes de verre :

— Ce sont les bouquets d'un jour heureux dont l'amour et l'espoir ont voulu garder le souvenir en fleur. Les bouquets d'amour et d'espoir ne se fanent pas.

Philippe et Mélanie de Vilmorin confièrent l'éducation de leurs quatre fils et de leurs deux filles à un précepteur, « le bon abbé Tisnés » de qui Louise affirmait avoir appris tout ce qu'elle savait. Affirmation confirmée par sa sœur, Mapie de Toulouse-Lautrec, qui me posa, un jour, cette embarrassante question :

— Vous qui voyez souvent Louise, pourriez-vous me dire quel âge a-t-elle cette semaine ? Comme elle en change tout le temps, et que c'est moi l'aînée, je finis par ne plus savoir mon âge !

C'est vrai que Louise jouait de son âge comme d'un éventail ; suivant l'exemple de l'une de ses héroïnes à qui elle faisait dire : « Oh, l'âge, tu sais, ça dépend des jours. Hier, je n'en avais pas, aujourd'hui j'ai quinze ans et demain, nous fêterons peut-être mon centenaire. »

En fait, Louise ne se souciait pas de son âge. Elle aimait, elle était aimée et cela servait de rempart aux attaques des ans. Sa silhouette, son allure, l'immensité de ses yeux, la finesse de ses mains étaient intactes et éveillaient encore des passions. C'était notre Ninon de Lenclos. Et comme Ninon, elle reconnaissait son inconstance :

— L'inconstance est la source de tous mes malheurs. Je n'ai, en ma fidélité, aucune confiance. Je me connais trop bien. Je sais que, souvent, je m'étais juré des fidélités éternelles dont je souris maintenant. « Je t'aimerai d'amour, toujours, ce soir », combien de fois ai-je prononcé ces mots ? Cela ne m'a pas empêchée d'aimer plus durablement. Tu veux savoir qui j'ai vraiment aimé ? Eh bien, j'ai aimé, passionnément aimé, Alexandre de Millo, Sacha de Manziarly, Jean Hugo, Gaston Gallimard et Duff Cooper. Je n'ai pas aimé mon deuxième mari, Pali Palffy, j'étais seulement amoureuse de la vie qu'il m'a donnée dans son château de Pudmerice, dans les Balkans.

A part Jean Hugo le peintre, Gaston Gallimard l'éditeur, Duff Cooper l'ambassadeur, les autres noms ne signifiaient rien pour moi. Je cachais stupidement mon ignorance, me contentant de m'étonner de l'absence, dans cette liste, d'un Antoine de Saint-Exupéry avec qui Louise était, avait été fiancée et d'un André Malraux dont elle était alors la compagne. Absence qui me fut expliquée en termes d'une crudité inouïe [1] qui ramenaient ces deux grands hommes à ce qu'ils avaient de moins important : le sexe.

Ce qui n'empêchait pas Louise de préférer nettement les sentiments au sexe. « Il faut tenir aux beaux sentiments que l'on inspire. Il faut les apprécier et les chérir car rien dans la vie ne vaut cela. Quand personne ne nous aime, c'est la fin de tout, et plus nous avançons dans la vie, plus nous

---

1. Louise se servait d'un langage tellement châtié que, parfois, comme pour s'en punir, elle avait des affectations d'argot en ce qu'il avait de plus vert.

avons besoin de la compagnie d'un cœur pour qui nous existons vraiment et qui se soucie de notre pauvre être », m'a-t-elle souvent répété. Cela semblait constituer, en ce domaine, son credo.

Sa vie sentimentale aura été l'une des plus chargées du siècle, et des plus variées. Elle avait un faible, « un fort faible » comme elle disait, pour les hommes célèbres de son temps, comme un Orson Welles, un Aly Khan, un Roger Nimier. Mais les célébrités de la Haute-Finance, du Gotha, de la littérature, de la peinture, de la musique, de la chanson, avaient aussi contribué à rendre son cœur innombrable.

Quel était le secret de cette inusable séduction ? Le mystère. « Pour séduire, il faut garder son mystère », prétendait-elle. La vie conjugale ne préservant guère ce genre de mystère, c'est peut-être pour cela que Louise divorça deux fois.

La première, d'Henry Leigh-Hunt, un riche Américain qu'elle avait épousé dans les années vingt et dont elle eut trois filles, Jessie, Helena et Alexandra.

La deuxième, de Paul Palffy, dit « Pali »,
un comte hongrois qu'elle avait épousé dans
les années trente.

J'ai aperçu, à Verrières, le temps de quelques dîners, M. Leigh-Hunt et le comte
Palffy. Louise continuait à recevoir, avec
des grâces parfois tumultueuses, ses deux
anciens maris. Leurs vieilles querelles pas-
sées ressuscitaient le temps d'un éclair, d'un
éclair au chocolat, puisque c'est générale-
ment au dessert qu'éclataient ces brèves
scènes. Louise reprochait, entre autres, à son
premier mari l'ennui qui régnait dans le
Nevada des années vingt où il l'avait entraî-
née après leur mariage. Elle noyait son
deuxième époux d'une pluie de prénoms
féminins, d'un déluge de conquêtes rempor-
tées sans peine, par ce séducteur internatio-
nal qu'était « Pali ».

Henry Leigh-Hunt et « Pali » Palffy
appartenaient à la même catégorie d'hommes
très grands, très puissants, style armoire à
glace. Toute sa vie, Louise avait aimé ces
armoires à glace, avec ou sans moustaches,
ne s'intéressant guère au fluet, au freluquet,

au menu fretin. Elle trouvait aux hommes de quarante et de cinquante ans une éphémère splendeur dont elle se hâtait de profiter, comme les amateurs de Lolita cueillent les fleurs des filles de douze ans. Louise préférait les fruits épanouis de la maturité masculine. Elle rougissait encore aux souvenirs de certains plaisirs. Elle disait « Ah, Duff, Duff » sur un ton de gratitude qui en disait long.

Aux lendemains de la Libération, Louise avait régné sur l'ambassade d'Angleterre à Paris. L'Angleterre avait choisi d'être représentée par un couple des plus britanniques, Duff et Diana Cooper. En leur compagnie, Louise avait oublié la dureté des temps et s'était beaucoup amusée. « J'ai eu Duff, j'ai eu Diana, mais jamais ensemble », me lança-t-elle, joyeusement. Je pense, en ce qui concerne Diana, qu'il s'agissait d'une boutade destinée à me faire rire. Mais, avec Louise, sait-on jamais ?

La pyramide Loulou n'est pas prête à livrer ses secrets. Loulou, Loulette, seuls ses très anciens amis avaient le droit de l'appeler

146

ainsi. Dans un texte écrit à la demande d'André Fraigneau et paru en 1967, aux éditions Plon, dans *Prénoms,* elle évoque les raisons de cette répugnance :

... J'ai retrouvé, en explorant mes souvenirs, le malaise que j'éprouvais, jeune femme, à être appelée Loulou *par la plupart de mes amis et même des gens qui parlaient de moi sans me connaître. Certes, c'est toujours avec émotion que j'entends la voix de mes défunts parents résonner dans les deux syllabes de ce surnom qui, s'il me convenait quand j'étais enfant, me poussa plus tard à une obscure révolte. Obscure parce que je ne comprenais pas clairement l'ambition de mon instinct. Ce fut lui et non pas ma raison qui m'éveilla du sommeil de l'habitude. Ce fut lui qui m'éclaira et m'incita à jeter un surnom dont je sentais qu'il m'amoindrissait, me masquait ou me dépeignait sous des traits mensongers et me privait aussi de mon droit à la dignité de mon véritable nom et de la liberté ou de l'esclavage d'être moi-même... J'ai donc voulu être Louise et ce n'est pas sans mal que j'y suis arrivée. En*

147

atteignant mon but, j'ai pris position et un temps nouveau s'est ouvert à mon destin.

Le destin de Louise : amour et littérature. L'un engendrant l'autre. On peut dans ses romans comme *Madame de, La lettre dans un taxi, L'Heure maliciôse* ou ses recueils de poèmes comme *Fiançailles pour rire, Le sable du sablier, L'alphabet des aveux,* traquer les vestiges de sa carrière amoureuse. Ce n'est pas mon rôle. Je ne suis là que pour évoquer l'ombre d'une séductrice qui fut, à sa façon, une sainte mondaine, l'équivalent féminin d'un abbé Mugnier, une petite sœur des Riches, allant dans le Monde porter les belles paroles et la bonne poésie, le rayonnement de sa présence au milieu de ces cadavres qui croient encore exister parce qu'ils assistent aux générales et aux cocktails.

Entre deux fêtes, deux voyages, deux maris, deux amours, deux orages, Louise trouva le temps d'écrire, de peindre, de dessiner, de jouer de la guitare, le temps de vivre et de mourir.

Dans ses réponses au *Questionnaire de*

Marcel Proust, on peut noter cette réponse prémonitoire :

— *Comment j'aimerais mourir ?* Dans mon lit, entourée de toute la maisonnée en larmes.

C'est exactement ce qui arriva le 26 décembre 1969. Louise mourut subitement, d'une crise cardiaque, vers la fin de l'après-midi, alors qu'elle reposait dans sa chambre, dans son lit à colonnes. Et la maisonnée fut immédiatement en larmes.

~

29 décembre 1969

Je reviens de l'enterrement de Louise de Vilmorin. Je ne crois aux mots que je viens d'écrire. Je ne crois pas à la mort de Louise que je croyais immortelle.

Comme je ne vais jamais aux enterrements je ne savais pas que l'on bénit le corps à la fin de la cérémonie, et là, en pleine église de Verrières, j'ai été pris d'une irrépressible crise de larmes. Personne ne s'en est aperçu puisque tout le monde pleurait.

🙾

30 décembre 1969

Par un hasard extraordinaire, c'est à un déjeuner de Florence Jay-Gould, à l'hôtel Meurice, que j'ai vu Louise pour la première fois et c'est à un déjeuner de Florence, au début de ce mois, que j'ai vu Louise pour la dernière fois, et sans savoir que c'était la dernière...

A la fin de ce déjeuner, Louise m'a dit :

— Où vas-tu maintenant ?

— Chez Gallimard.

— Je te dépose.

Il faisait très beau et nous avons admiré la beauté du temps, la beauté de Paris sous ce lumineux ciel de décembre. Et puis, comme les considérations météorologiques ne constituaient pas, d'habitude, l'essentiel de nos conversations, j'ai demandé à Louise si elle était heureuse. Elle m'a répondu que non. Elle m'a expliqué que Malraux était difficile à vivre. Et puis, l'éclat de Malraux-Ministre portait ombrage à l'Astre Louise :

— Tu comprends, quand j'invite quelqu'un à Verrières, on ose me demander si André sera là, comme si Louise ne valait plus le dérangement ! Parfois, j'ai l'impression de n'être plus moi-même. Je suis Marilyn Malraux.

Elle répéta « Je suis Marilyn Malraux » et se mit à rire. Femme d'esprit, elle trouvait en son esprit des ressources pour affronter les bourrasques du destin. Et mon ultime vision sera celle d'une Louise riant de ses malheurs présents et souriant à un avenir qu'elle espérait meilleur.

Sitôt après la mort de Mademoiselle de, j'ai voulu, désespérément, retenir un peu de cette vie prodigieuse qui émanait de Louise. J'ai relu mon journal intime, ce qui est, dans ce cas, un supplice à faire pâlir d'envie le plus comblé des masochistes. On s'aperçoit que l'on n'a pas tout noté et que des soirées mémorables sont à peine esquissées :

151

❧

23 mars 1969

Dîner à Verrières avec les Alphand, Malraux et Louise. En passant à table, Louise dit : « Je n'ai jamais été jalouse, mais j'ai toujours souffert de la jalousie des autres. D'ailleurs, la jalousie n'est qu'une myopie des sentiments. » Neuf heures sonnent alors, Malraux prend la parole et la gardera jusqu'à une heure du matin, nous gratifiant d'un cours complet sur la jalousie à travers l'histoire, la géographie, la zoologie. La jalousie de Napoléon pour Joséphine. La jalousie chez les Zoulous. La jalousie chez les lézards de Sumatra. Que sais-je encore ? Louise, réduite au silence, lève les yeux au ciel qu'elle prend à témoin de son sacrifice. Quand elle parviendra à placer un mot, à dire, « je tire un fil de la barbe du Bon Dieu », Malraux l'interrompra d'un : « Qu'est-ce que ça veut dire ? Louise, précisez votre pensée. » Et comme une écolière prise en faute, Louise baisse la tête.

Il m'arrive de penser que Louise n'est pas morte d'une crise cardiaque comme on l'a diagnostiqué, mais d'avoir été réduite au silence. Qui aurait pu prévoir une fin pareille ? Tout souriait à Louise quand, toutes voiles dehors, elle s'élança à la conquête d'André Malraux devenu Ministre de la Culture. Juste avant, elle m'interrogea avec ce mélange de sérieux et de drôlerie qui la rendait irrésistible :

— Jean, dis-moi, est-ce que j'ai *vraiment* couché avec André Malraux ?

— Mais, Louise, si tu ne le sais pas, comment veux-tu que, moi, je le sache ?

— C'est tellement lointain. Dans les années trente. Cela a si peu duré que j'ai du mal à m'en souvenir. J'aurais pu t'en parler. Tu pourrais t'en souvenir à ma place.

M'en souvenir à sa place, elle en avait de bonnes, Louise qui se livra, sous mes yeux, à un intense effort de mémoire. Elle plissa le front, se tapota la joue (geste familier) de

son index à plusieurs reprises, tapota le cato-
gan noir (geste également familier) qui rete-
nait ses cheveux et m'annonça, triomphale-
ment, que oui, elle avait eu une brève aventure avec André Malraux, dans les années
trente. Et qu'elle s'en souvenait, maintenant,
parfaitement :

— Tu sais ce qu'il m'a dit pour me séduire ? Il m'a dit : « Faire l'amour, c'est s'embrasser d'un peu plus près. »

Rassurée sur la réalité de cette aventure,
Louise voulut pousser ses avantages et me
demanda conseil. Devait-elle envoyer au Ministre de la Culture *L'Heure maliciôse,* un
roman qu'elle publiait en cet été 1967 ?
Saisi d'une inspiration que je crus bonne, je
m'écriai :

— Bien sûr que tu dois l'envoyer ! Mais
ce qui serait plus amusant, ce serait que tu
prennes rendez-vous à la Culture et que tu
l'apportes toi-même au Ministre.

Louise ne résistait jamais à la perspective
d'un amusement. Elle suivit ma suggestion.
On connaît la suite. Les deux anciens amants
s'embrassèrent d'un peu plus près et repri-

rent une deuxième liaison qui dura plus que
la première.

Dans *La Naissance du jour,* Colette écrit :
« Mes amis véritables m'ont toujours donné
cette preuve suprême d'attachement : une
aversion spontanée pour l'homme que j'aimais. » A ce titre-là, j'aurais été un ami
véritable de Louise. J'éprouvais pour Malraux une aversion spontanée, insurmontable.
Malgré mes efforts, je ne parvenais pas à
suivre sa conversation, c'est-à-dire son monologue qui exigeait une attention épuisante.
Louise me laissa entendre que elle non plus
ne comprenait pas tout ce que disait son
nouveau maître. Nous étions constamment
sur les plus hauts sommets de la politique et
des arts. Nous en perdions la respiration, la
joie de vivre, l'appétit. Il n'était plus question de se livrer à nos jeux favoris, de rire
pour un oui ou pour un non, de pleurer sur la

mort de la chèvre de M. Seguin ou sur celle d'Emma Bovary. Nous étions au garde-à-vous devant l'auteur de *La Condition humaine*.

« Je vois bien que tu t'ennuies », ne tarda pas à me dire Louise. Et elle me dispensa du service des dîners du dimanche soir. D'un commun accord, nous décidâmes de nous retrouver, comme au début de notre amitié, chez Florence Jay-Gould, ou dans des petits bistrots du sixième arrondissement. Là, Louise me racontait son exténuante vie de Pompadour. Elle recevait d'incessantes demandes de faveur. « J'en parlerai à André-Ministre » était le refrain qui avait remplacé son « Je t'aimerai, d'amour, toujours, ce soir. » Elle était à la fois resplendissante et hagarde, triomphante et accablée. Son union avec Malraux, c'était le mariage de l'oiseau et de l'éléphant, les épousailles de la fantaisie et de la pesanteur. C'était surtout un marché de dupes. Elle n'était plus Louise de Vilmorin, elle était Marilyn Malraux.

Pour moi, elle restait Louise, la sans pareille Louise.

Dans ma présente entreprise de résurrection on ne trouvera que Louise. C'est elle seule qui compte, elle seule que je vois et que j'entends. Je serais incapable de faire une description de sa demeure de Verrières et de son salon bleu, incapable de tracer une évocation de sa famille et de son entourage qui comptaient tant de membres éminemment pittoresques ! Dès que Louise apparaissait, je ne voyais que sainte Louise de Vilmorin...

Cette intensité d'attention s'explique par la prémonition que j'avais de la brièveté de notre amitié qui dura exactement du 17 février 1965 au 26 décembre 1969. C'est peu et encore faut-il y retrancher un bon trimestre de brouille. Courte amitié qui m'inspire ce faux quatrain, cet *hai-ku* manqué :

Narcisse
dans les derniers moments de sa vie
bénissait pourtant l'inventeur du miroir.

Je ne vois pas ce que vient faire Narcisse dans cette histoire ! Peut-être parce que j'ai surpris tant de fois Louise en train de se

157

regarder dans un miroir. Croyant qu'elle s'admirait, je disais : « Comme tu es belle, Louise. » Elle me répliquait durement : « Oui, belle, très belle, comme ma mère Jezabel. » Et d'appuyer ses dires par les vers de Racine, dans *Athalie :*

Ma mère Jezabel devant moi s'est montrée,
Comme au jour de sa mort pompeusement
                                    [parée,
Ses malheurs n'avaient point abattu sa
                                    [fierté ;
Même elle avait encore cet éclat emprunté
Dont elle eut soin de peindre et d'orner
                            [son visage,
Pour réparer des ans l'irréparable outrage
                                    [(...)

Si Louise écrivait des vers, elle adorait en réciter et en savait des centaines et des centaines. C'était une vivante, une inépuisable anthologie qui se plaisait à trouver de secrètes correspondances entre certains moments de sa vie et certains poèmes, qui ne passait jamais sur le pont Mirabeau sans réciter quelques strophes d'Apollinaire... Poète, elle savait reconnaître l'existence des poètes contemporains, ce qui, dans cette profession-là, est infiniment rare !

Rare, c'est l'adjectif qui revient le plus souvent dans les pages de mon journal intime consacrées à Louise, et qui disparaît dès qu'il n'en est plus question, ou que Louise n'est plus là, comme pendant ma dernière visite à Verrières :

12 juillet 1972

Je retourne à Verrières où Malraux vit, parle et boit, pour y voir la tombe de Louise qui est enterrée dans le parc. Sur sa tombe est gravée sa devise, « au secours ».

J'entre dans la maison. Je reconnais le bruit du loquet de la porte, et l'odeur si particulière du hall. Je fais un détour vers les cuisines pour embrasser Iolé qui sert maintenant André Malraux comme elle servait Louise de Vilmorin. Et je m'entends tenir ce bizarre dialogue :

— Comment ça va, Iolé ?

— Ah, monsieur Chalon, monsieur le ministre, ce n'est pas madame la comtesse !

— Ecoutez, Iolé, vous ne devez pas être surprise, vous le saviez bien que monsieur le ministre ce n'était pas madame la comtesse.

— Oui, mais à ce point, je n'aurais pas cru !

Louise avait raison, Malraux n'était pas facile à vivre ! Je retrouve ensuite « monsieur le ministre » dans le salon bleu qui ne me paraît plus aussi bleu ! Les lumineux tableaux de Jean Hugo et de Christian Bérard ont été remplacés par des Rouault bitumeux et d'affreux Braque qui détonnent là. Seule persiste, du temps de Louise, la coutume du whisky trop abondamment servi.

J'ai apporté à Malraux l'un des premiers exemplaires de *L'Amant de Lady Chatterley* qui vient de paraître en Folio-Gallimard et qui s'ouvre par sa préface dont il m'explique la genèse. Encore un cours de haute littérature. Comme Louise a dû s'ennuyer avec ce professeur. Un professeur de génie, certes, mais qui ne devait pas souvent tirer les fils de la barbe du Bon Dieu ! Je m'enfuis, ivre de whisky et de David-Herbert Lawrence.

Et depuis, plus que jamais, je fuis les cimetières, les tombes où sont enterrées les personnes que j'ai aimées, que j'aime encore, et dont les cœurs continuent à battre dans le mien. Je n'ai plus à partager ces cœurs où j'avais une place que je trouvais toujours trop petite. Car, enfin, qu'ai-je été pour Louise ? Un dévot dans son église qui comptait déjà tant de fidèles, un petit chien dans sa meute, un petit chien familier que l'on nourrissait de contes et de comptines, de confidences et de souvenirs de l'Orient-Express. Qu'avions-nous en commun ? Un même goût pour George Sand, le fromage blanc, la liberté des propos, liberté extrême qui nous entraînait droit au royaume de la fantaisie.

De cette fantaisie, il me reste une preuve tangible, un cadeau de Louise qui s'appelle précisément *L'Echo des fantaisies*. Deux volumes qui ont l'air taillé dans du marbre rose et gris. Deux volumes qui comprennent soixante poésies de Louise de Vilmorin, illustrés de soixante photographies de Victor Grandpierre.

Cet ouvrage, tiré à deux cent cinquante exemplaires, se présente comme un jeu de cartes. A la place des rois et des reines, des valets et des as, il y a des voiliers en verre, des bottines en porcelaine, des chats qui jouent de la flûte, des Lédas, des hussards, des objets de la fin du siècle dernier qui ont inspiré à Louise de tendres considérations. Sous une dame en crinoline qui, pour mieux supporter le poids de ses rêves, s'appuie sur une colonne, elle a écrit :

Aimez-moi, je suis belle et sage
Et n'aurai plus de vanité
Si vous m'emmenez en voyage
Au pays des réalités.

26 décembre 1986

Voilà sept ans que Louise a quitté ce qui passe pour être le « pays des réalités ». Je n'admets pas que Louise ne soit plus là, je n'admets pas de ne plus entendre son « Allô, Jean ? C'est Louise... » Je voudrais que Dieu fasse une exception pour cette créature d'exception qui devrait avoir la permission de revenir sur terre, une fois par an, pour revoir ses amis. Cela devrait être le privilège normal des saintes que d'apparaître, le jour de leur fête par exemple. Et quelle fête ce serait d'entendre ce jour-là, sainte Louise de Vilmorin dire : « Merveille, merveille, merveille... »

Post-scriptum

J'ai choisi de mettre en exergue à mon portrait de Louise de Vilmorin, une phrase extraite du recueil de nouvelles d'Anaïs Nin, *La cloche de verre* [1], « Autrefois je voulais être une sainte », parce que Jeanne, l'héroïne de la nouvelle qui donne son titre au recueil, n'est autre que Louise, et cela comme on le verra, de l'aveu même d'Anaïs Nin. Et même sans cet aveu-là, Louise y est aisément reconnaissable. Elle y proclame son amour pour ses quatre frères, réduits à deux par Anaïs dans la nouvelle :

Nous ne pouvons pas vivre les uns sans les autres. (...) L'opinion qu'ils ont de moi et celle que j'ai d'eux est notre unique règle de conduite et nous oblige à vivre dans une

---

1. Editions des Femmes.

sorte d'héroïsme. (...) Nous avons besoin d'héroïsme, et ces sentiments-là n'ont pas leur place à notre époque. C'est notre tragédie. Autrefois je voulais être une sainte. Il me semblait qu'il ne restait rien d'autre à faire dans le domaine de l'absolu, car ce qui domine en moi est un ardent désir de pureté, de grandeur. Je ne vis pas sur terre.

Louise ne vivait pas sur terre, c'est le moins que l'on puisse dire. Elle était toujours dans un inaccessible ailleurs.

Anaïs et Louise s'étaient connues dans les années trente. Elles avaient été très liées si l'on en juge par l'exactitude des détails, par la vérité des confidences que rapporte Anaïs Nin dans *La cloche de verre,* comme « Je suis de la lignée de Jeanne d'Arc. » En effet, Louise affirmait que, dans son arbre généalogique, figurait un cousin de Jeanne d'Arc. Je n'ai pas éclairci ce cousinage. A l'arbre généalogique de Louise, je préférais les arbres de son parc de Verrières...

Quand Louise de Vilmorin est morte, j'ai immédiatement annoncé la nouvelle, par lettre, à Anaïs Nin, qui m'a répondu par une autre lettre que l'on trouve reproduite dans le septième tome de son *Journal*[1] :

Frappée par la mort de Louise de Vil-morin à travers l'éloge que vous en faites. (...) je l'admirais et j'ai fait tout mon possible pour la rencontrer dès mon premier voyage à Paris. Comme notre rencontre n'a pas été possible, j'ai transformé son nom dans le Journal. *Vous la retrouverez dans* La Cloche de verre *et* La Maison de l'inceste *que je vous envoie aujourd'hui.*

Je retrouvais Louise dans le *Journal,* dans *La Cloche de verre,* dans *La Maison de l'inceste,* et dans la conversation d'Anaïs Nin que je rencontrais lors de ses passages à Paris.

❧

---

1. Stock.

Quelques lettres
de Louise de Vilmorin
à Jean Chalon *

* Ces lettres sont publiées avec l'autorisation des trois filles de Louise de Vilmorin : Jessie Wood, Alexandra Leigh-Hunt et Elena Leigh-Hunt †. Qu'elles en soient ici remerciées.

Vendredi 11 juin 1965

Mon Jean

Donne-moi de tes nouvelles de ton voyage, de ta vie, de ton livre. Il me semble me rappeler que tu m'as dit qu'à Carboneras tu passais tes journées sur la plage et même dans l'eau . Alors quand travailles-tu ?

Comme prévu Mourlot hier m'a fait la cour. Il m'a invitée à déjeuner : « Je vous emmènerai dans un coin tranquille aux environs de Paris. Vin de Champagne... melons... si vous les aimez..., et puis tout ce que vous voudrez... un bon petit repas..., après quoi nous ferions la sieste. » Je n'ai pas accepté mais gentiment.

La force m'a manqué pour aller au vernissage Martial Reysse chez Iolas. Je suis passée voir l'exposition tout à l'heure (Est-ce de la peinture ?), au retour d'un déjeuner auquel l'Ambassadeur de Suède et sa femme m'avaient invitée pour fêter l'anniversaire de Lars Schmidt, époux d'Ingrid Bergmann.

J'aime beaucoup Lars. J'ai fait pour lui, il y a cinq ou six ans, l'adaptation et la traduction française de *Deux sur une balançoire* et j'ai eu un grand plaisir à travailler avec lui. Son charme nordique et très sage semble cacher toutes sortes d'images audacieuses dans une chambre dont les fenêtres aux volets clos s'ouvriraient à l'Est. Un parfum de lavande y flotterait. Il y aurait un lapin angora blanc, aux yeux bleus qui jouerait du tambourin dans une grande cage d'osier et les draps de lit, empesés, glacés, pudiques, seraient mauves.

Nous n'étions que huit à ce déjeuner. L'Ambassadeur de Suède possède de superbes valets de pied en livrées noires galonnées d'or et portant à l'épaule des fourragères de passementerie d'or. A la fin du déjeuner il s'est levé pour faire un discours. Il tenait à la main plusieurs feuillets de papier et il s'est mis à lire : « C'est pour moi un honneur et un privilège que de saluer ici Lars Schmidt

174

dont la personnalité attire, à juste titre, l'attention du monde entier... Son œuvre remarquable nous en impose par sa grandeur et plus nous la connaissons, plus nous en apprécions les multiples aspects... Servir l'humanité... etc... etc... ». Et là-dessus, il a éclaté de rire, car le discours qu'il lisait était celui qu'il devait adresser dans l'après-midi à un lauréat du Prix Nobel !

J'ai trouvé mon cher Iolas fort triste, déçu, gêné ! Je te rapporte en *grand secret* ce qu'il m'a raconté : « Hier, après le vernissage, j'ai donné chez moi, avenue Montaigne, une petite réception. X... était là. Au bout d'une heure, il est parti, puis il est revenu avec un homme de la rue. Ils se sont postés devant le buffet, ont mangé et bu et bu et bu, après quoi l'homme s'est assis dans un fauteuil, et X. s'est assis sur ses genoux. »

(...) Je ne relis pas mes lettres. Corrige les fautes d'orthographe et rajoute les mots qui manquent. (...)

Ta Loulette.

Mercredi 16 juin 1965
Mon Jean
Je suis folle de joie ! Ta lettre du 11 arrive à l'instant. Tout ce que tu me dis me fait voyager ; je me prélasse avec toi sur le sable et dans les vagues. (...)

Hier soir à 7 heures, répondant aux supplications de Philippe Héduy et d'Anne-Marie Cazalis, et pour ne pas leur faire de peine, je suis allée à bord d'un bateau-mouche amarré quai de l'Alma. Le jury du Prix Saint-Tropez et François d'Aulan étaient là sagement assis à une table recouverte d'un tapis vert où je les ai rejoints. L'assistance, très nombreuse, se composait de jeunes gens qui m'ont semblé tous appartenir à la bourgeoisie cossue ou à de riches familles titrées du 16e arrondissement. Le bateau est parti et pendant que nous naviguions, des mannequins vivants aux gestes mécaniques défilaient presque nus et nous présentaient les derniers gémissements de la mode tropézienne. Il faisait froid, il y avait des courants d'air et la pluie tombait et dégoulinait sur le toit en plastique de notre embarcation. J'étais déconcertée, abrutie et vaguement écœurée. Succès complet néanmoins : applaudissements frénétiques, hourrahs et verres de vin de Champagne. Pour moi ennui mortel dont je me suis guérie à 9 h en m'échappant pour courir avenue Montaigne chez Iolas et aller au Palais Galliera pour assister à la vente d'une collection de tableaux qui avait appartenu à un docteur défunt. Picassos, Légers, Utrillos, Renoirs... Maurice Rheims poussait à la dépense et les millions voltigeaient de bouche en bouche dans la salle comble et fiévreuse. Une toile de Monet représentant une femme en robe d'été se protégeant d'une ombrelle dans une prairie en pente, sous un ciel très bleu parsemé d'un envol de petits nuages d'une vive blancheur s'est vendu 250 millions de francs anciens. Fantastique ! Epuisée je n'avais pas d'appétit pour faire honneur au souper : poulet, salade de romaine et fraises, que Iolas avait préparé chez lui. Iléni, sa vieillle bonne grecque, avait bu beaucoup de

177

vin rouge en nous attendant, elle était ivre, s'épongeait le front, et, comme elle voyait des flamants roses tournoyer dans le salon, elle ouvrait grand les fenêtres et un vent glacé, triste, humide, gonflait les rideaux de taffetas jaune et s'engouffrait dans le salon. (...)

Il y a huit jours, à cette heure-ci, tu roulais en taxi entre Malaga et Carboneras. Quelle équipée admirable et quel caractère décidé !

Non, je n'ai pas encore vu Natalie Barney mais je lui ai parlé ainsi qu'à dame Lahovary, laquelle a regagné la Suisse. Je téléphonerai à Natalie demain et j'irai la voir.

J'attends ce soir l'arrivée de Maurice Pianzola, conservateur du musée d'art et d'histoire à Genève, qui vient passer trois jours ici. Il a écrit un livre intéressant, *Lénine en Suisse*. J'écris au fils Bourguiba à propos de ton reportage en Tunisie. Philippe Héduy a trouvé dans sa boîte aux lettres les copies des sujets du bac. Il les a déposées illico chez un huissier. (...)

Ta

Loulette

Iolé t'envoie son souvenir et te remercie du tien.

Jeudi 17 juin 1965
Mon Jean,
Maurice Pianzola est arrivé hier soir et je suis allée l'attendre à Orly. Il a longtemps été inscrit au Parti Communiste et bien qu'il s'en soit fait exclure pour indiscipline, il est toujours fort à gauche. Il ne croit ni en Dieu, ni en diable, sa fille n'est pas baptisée, il est libre penseur et malgré cela, sa mentalité est, à son insu, typiquement celle d'un puritain genevoix. Il hésite à rire. On sent en lui de la méfiance et la peur d'être abusé. C'est probablement pourquoi il est si attentif. Il a du charme et j'ai beaucoup d'amitié pour lui. Il s'intéresse à des choses qui m'intéressent : avec lui, on peut parler de Charles-Albert Cingria et des temps médiévaux. Et puis, il est très doux, très fidèle et son esprit n'est empreint d'aucune vulgarité. J'ai dîné seule ici avec lui et François Valéry. Conversation assez brillante : ces messieurs causaient peinture et comparaient les anti-

podes. J'avais déjeuné chez Josée de Chambrun (voilà quelqu'un que j'aime et que
j'admire !), fille de Pierre Laval, avec Paul
Morand que je connais depuis mon enfance.
Je lui suis assez bien attachée. Il sait encore
regarder les femmes qui lui plaisent et ses
yeux sont encore pleins de cette éloquence
flatteuse qui est un piège auquel elles se laissent prendre avec plaisir.

Pendant que tu te prélasses dans les
vagues (...) je suis dans le salon bleu, seule
avec les deux chiens de mon frère André.
Un rayon de soleil inconstant et pâle se
montre par instants à la fenêtre. Le temps
est convalescent d'une tempête, véritable
ouragan, qui a secoué la maison toute la nuit
et a fait des désastres au jardin : branches
brisées, arbrisseaux arrachés, buissons déra-
cinés, plantes qui ne montrent plus le visage
des fleurs, rendent aujourd'hui ma pro-
menade morose. (Morose. Ce mot me rappelle que, l'autre soir, la femme de Matta
a raconté que sa fille âgée de... l'âge des
enfants, six ans peut-être... avait écrit un
poème de deux lignes que voici : « On

m'appelle sirose et je ne suis que rose. »
Peut-être que la mère vantait-elle son
enfant ? Quand nous aimons, nous embellissons et nous embellissons l'objet de notre
amour.)
     Jean,
     Que ne suis-je la vague
     Où baignent tes secrets
     Que ne suis-je l'algue
     Liée à ton poignet...
     Jean
     (...) Je t'embrasse
     Ta
     Loulette

     P.S. : Je ne sais pas si cirose s'écrit avec un
s ou un c au début du mot [1].

---

1. Il faut écrire cyrrhose (NdA).

Vendredi 9 juin 1967
Verrières
Mon Jean

La vie, je le constate, s'efforce de nous séparer et d'établir entre nous des distances infranchissables mais elle n'arrivera pas à ses fins car la force de mon affection pour toi réduira à néant ses intentions perfides.

Je suis allée passer la journée d'hier à Londres d'où je suis rentrée ce matin. Je n'y allais que pour déjeuner avec Diana Cooper mais j'y ai revu et même retrouvé un homme charmant que j'ai beaucoup aimé et qui m'aima, hélas, du temps que j'étais volage. Nous avons dîné en tête à tête chez Wilton, restaurant d'autant plus à la mode qu'il est de style 1900. Décors intimes. Boiseries. Lumière opaline tombant de fleurs lumineuses. L'heure, bien que présente était tout au passé et chaque fois que cet ancien amoureux, qui a pris de l'embonpoint avec l'âge, me regardait de ses yeux brillants, indulgents et tendres, je retenais mes larmes et j'avais envie de mourir pour lui tant je l'aimais encore mais d'un amour nouveau. Il s'appelle Lord Antrim. Il m'a conduite à la gare et nous nous sommes quittés sans un mot. J'en ai l'âme chavirée par le poids du remords et des regrets.

Déjeuner aujourd'hui à Marnes-la-Coquette, chez Maurice Chevalier : le ménage Arthur Rubinstein, le ménage Pasteur Vallery-Radot et moi. Les hommes avaient : Chevalier 79 ans, Pasteur Vallry-Radot 82 ans et Rubinstein : 80 ans passés. Ils étaient jeunes, fringants, bavards et faisaient de proches et lointains projets d'avenir. Ils évoquaient aussi des souvenirs : « Tu te souviens de la petite Bine. Quel appétit se cachait sous ses airs fragiles !... – Elle vit encore ? – Eh oui. – Avec qui ? – Avec ses 90 kilos ! » Rires.

A l'heure qu'il est je suis brisée et je pars pour Paris où je vais applaudir, je l'espère, Jean Piat, dans *Cyrano*, au Théâtre Français.

(...) Reçois mille tendresses de ta
Louise

CET OUVRAGE A ÉTÉ REPRODUIT
ET ACHEVÉ D'IMPRIMER SUR ROTO-PAGE
PAR L'IMPRIMERIE FLOCH À MAYENNE
EN SEPTEMBRE 1999

Éditions du Rocher
28, rue Comte-Félix-Gastaldi
Monaco

Dépôt légal : septembre 1999.
N° d'édition : CNE section commerce et industrie
Monaco : 19023.
N° d'impression : 46887.

Imprimé en France